DICO & ALICE
E O REI DO MUNDO

CARLOS FIGUEIREDO

Pesquisa, organização, notas e posfácio:
LEONARDO NAHOUM

Copyright© 2024 Carlos Figueiredo
Copyright© 2024 do posfácio e notas: Leonardo Nahoum

Todos os direitos dessa edição reservados à editora AVEC.

Nenhuma parte desta publicação poderá ser reproduzida, seja por meios mecânicos, eletrônicos ou em cópia reprográfica, sem a autorização prévia da editora.

Editor: Artur Vecchi
Organização, pesquisa, notas e posfácio: Leonardo Nahoum
Projeto Gráfico: Vitor Coelho
Ilustração de capa: Tibúrcio
Diagramação: Luiz Gustavo Souza
Revisão: L. N. Pache de Faria

1ª edição, 2024
Impresso no Brasil/ Printed in Brazil

Dados Internacionais de catalogação na Publicação (CIP)
(Câmara Brasileira do Livro, SP, Brasil)

F 475

Figueiredo, Carlos.
  Dico e Alice : e o rei do mundo / Carlos Figueiredo; organizado por Leonardo Nahoum. – Porto Alegre : Avec, 2024.

  ISBN 978-85-5447-231-3

  1. Literatura infantojuvenil
  I. Nahoum, Leonardo   II. Título

CDD 028.5

Índice para catálogo sistemático: 1. Literatura infantojuvenil 028.5
Ficha catalográfica elaborada por Ana Lúcia Merege — 4667/CRB7

Caixa Postal 7501
CEP 90430-970 — Porto Alegre — RS
✉ contato@aveceditora.com.br
🖐 www.aveceditora.com.br
🐦 📷 📘 @aveceditora

DICO & ALICE
E O REI DO MUNDO

CARLOS FIGUEIREDO

Pesquisa, organização, notas e posfácio:
LEONARDO NAHOUM

Agradecimentos do organizador

Este livro e este pesquisador têm uma dívida de gratidão enorme para com Carlos Figueiredo, por sua amizade e interesse neste resgate; para com Úrsula Couto (Ediouro), por sua imensa ajuda e boa vontade ao nos franquear acesso ao acervo do escritor em Bonsucesso; para com Sérgio Araujo, pela ajuda na digitação dos originais; para com Artur Vecchi, da AVEC Editora, por compreender a importância deste histórico resgate; e para com minha família, pelo precioso tempo roubado.

Dico e Alice, uma flor improvável na época da Ditadura

A série *Dico e Alice* foi escrita em meio à asfixia promovida pela ditadura (1964) que muitos chamam de "Ditadura Militar", o que não me parece justo pois, embora tenham executado a operação, os militares não teriam tido sucesso caso não houvesse da parte civil um forte apoio ao golpe.

Em um cenário macro, a insurreição seguiu o que era determinado pela estratégia americana (estávamos no auge da Guerra Fria) para o nosso Cone Sul. Chegaram mesmo a enviar nos primeiros instantes da sedição um porta-aviões para garantir a vitória, que retornou à base à altura da costa venezuelana, por não ser necessária a sua intervenção.

Recém vivemos cenário semelhante – desta vez sem a participação ianque – felizmente com desfecho semelhante ao de uma ópera-bufa. Todavia, é bom que se diga, enraizada na polarização atual está em grande parte o medo não mais dos comunistas – embora tenham sido citados – mas, de fato, das mudanças que o avanço civilizatório impõe.

A causa maior de nossa lamentável condição, que perpetua o atraso, foi sintetizada pela economista Zeina Latiff: temos o olhar voltado para o passado. Se deixar, voltaremos ao Código Civil de 1916, que considerava a mulher casada relativamente incapaz. E vamos, por isso, aos trancos e barrancos, como dizia Darcy Ribeiro.

A diferença dos dias de Dico e Alice para os dias de hoje é que agora há liberdade de expressão e vez ou outra chegamos a avançar de verdade em alguns setores, embora não no essencial: a qualidade da Educação e do Saneamento Básico.

A oportunidade que a série *Dico e Alice* me permitiu, pois não havia censura então para livros infantis, foi a de falar quase abertamente da iniquidade que a restrição da liberdade de expressão nos impunha, na esperança de plantar uma semente.

Este volume, que não chegou a ser publicado, é um exemplo desse meu proselitismo. Os – como eu os chamo – gêmeos geniais se veem envolvidos numa espécie de guerrilha contra a tentativa de imposição de uma tirania.

A gênese dessa série, é preciso que deixe isso claro, não se deu, todavia, em razão tão somente do drible que dávamos na censura, mas, ainda, da minha paixão desde a infância por histórias de aventuras, dentre as quais pontificava a coleção *Terramarear* e, posteriormente, no gênero ficção científica, a coleção *Argonauta*.

A escavação que o Professor Leonardo Nahoum promove nos arquivos das editoras destas coleções (que, como dito, escaparam dos olhos da censura e da crítica literária nacional) tem um duplo valor: revelam por um lado a existência dessa, vamos dizer, válvula de escape para a denúncia do regime então vigente e, ainda, a falta de amplitude do campo enxergado então pelos críticos literários nacionais.

Obviamente – não podemos perder o senso das proporções – não havia, nessas coleções, nenhuma veleidade. Na melhor das hipóteses éramos artesãos; alguns com um propósito, no meu caso, como dito acima, de denúncia da ditadura, e também porque era assim que eu vivia, vagando pelo mundo, em oferta ao chamamento da aventura.

Hoje, há pouco adentrado na década dos oitenta, em meio à invencível decrepitude arde em meu coração a mesma chama dessa dupla querida chamada Dico e Alice: o desejo de aventura e liberdade.

Trancoso, março de 2024.

Introdução

Se você ainda não leu nenhuma das aventuras em que velejamos no nosso saveiro especial, o Fuwalda, pelos Sete Mares, lagos, rios e o que mais houver pela frente, passo às apresentações:

Meu nome é Dico. Dico, não. Raimundo. Raimundo Andrade. Mas todo mundo me chama mesmo é de Dico. Eu sou gêmeo com minha irmã Alice. Fazemos aniversário no dia 30 de dezembro. Somos do signo de capricórnio. E como a gente tem o cabelo do mesmo comprimento, isto é, batendo nos ombros, nos parecemos demais, mesmo para gêmeos. Se eu me vestir de Alice e Alice de Dico, ninguém vai perceber a diferença. E às vezes, isso acontece...

Alice tem uma coisa fantástica, que é só dela: um poder de percepção incrível. Ela tem pressentimentos e a maioria deles dá certo. Um cientista, amigo de papai, chamou isso de percepção extrassensorial, que significa, se é que você não sabe, a capacidade de perceber algo além do que pode ser percebido pelos cinco sentidos. Esses poderes extrassensoriais de Alice mais de uma vez têm nos livrado de enrascadas. E, em compensação, mais de uma vez têm nos metido em outras...

Viajamos a bordo do nosso saveiro, o Fuwalda, com papai e o Prata, o velho marinheiro. Papai, o Prof. Renato Andrade, é um cientista, biologista marinho, e está sempre atrás dos estranhíssimos bichos do fundo do mar. Ou então, tentando entender o efeito terrível da poluição nos oceanos. Taí: o papai é um pai legal! Não fica só dizendo pra gente "não pode, não pode" o tempo todo. Pelo contrário.

E finalmente, o nosso amigo, o velho marinheiro Prata. José de Ribamar Prata. O velho novo. Ágil como um gato, ele é quem conduz o nosso saveiro especial, o Fuwalda, por lugares que eu nem sei o nome direito. Aliás, às vezes nem ele mesmo sabe.

Mas vamos logo à história. O resto sobre a gente você vai ficar sabendo a bordo, quando sairmos para o alto-mar... ou sabe lá pra onde!

CAPÍTULO I

TUDO COMEÇA LOGO __ UMA COISA LEVA À OUTRA __ UMA MENSAGEM SUPERSECRETA

É verdade: nada melhor do que estar ancorado perto de uma ilha, num saveiro como o *Fuwalda*, a noite cheinha de estrelas, que pareciam fazer *craac* e o rádio, que no nosso caso é um transmissor-receptor marítimo, muito potente, tocando uma música bela como a que estava tocando agora.

Ficamos os quatro, Alice, o Prata, papai e eu, ouvindo ali aquele som, olhando para o céu de noite, comentando as estrelas cadentes.

Mas a verdade é que às vezes aquilo ficava um pouco chato.

Aquela música, todas aquelas estrelas, o papo mole...

— Não acontece nada de verdadeiramente sensacionaaalll... — falou minha irmã, adivinhando meus pensamentos.

— É verdade... — respondi. — Mas, por que não? É até legal ter um tempo para contemplar as coisas, olhar as estrelinhas... faz parte da sabedoria da vida...

— Pois pra mim, quanto mais, mais... — respondeu ela.

— Você é que nem eu — falou o Prata. — Se não tiver uma aventurazinha vez por outra, enferruja...

— Tá precisando de um furacão... — eu falei.

— Ou de um maremoto... — continuou o papai.

— Eu sempre fui assim mesmo... — ela respondeu, rindo. — Me lembro quando era pequena, quando ia viajar de avião, ficava querendo que o avião ficasse jogando... não gostava das viagens tranquilas...

— Bem... eu diria que com tantas aventuras, vocês não têm do que se queixar... — comentou papai.

— É que Alice fica com saudade dos monstros marinhos... — brinquei.

— Fico mesmo. Já pensou, estar a bordo de uma nave espacial ou no fundo do mar, conversando com outros seres? Ou... sei lá...

— Qualquer coisa, menos ficar aqui, ouvindo rádio... — concluí por ela.

Nesse momento a música abaixou de volume e ouvimos um *cracc* e logo a seguir outros estalidos e logo a música cessou por completo.

— Agora, nem música você tem mais... — falei.

Crrac, crraccc... — os ruídos continuavam.

— O que será? — falou o Prata. — Deve ser algum defeito na transmissão...

Ia me levantando para ver se seria algum defeito no nosso transmissor-receptor quando os ruídos diminuíram, ouvimos o barulho de uma tosse e um locutor, com uma voz esquisitíssima, parecia que ele fumava uns mil cigarros por dia, de tão rouca, começou a falar:

— *Curvem-se... curvem-se... curvem-se, vassalos, porque acaba de chegar aquele que é o Senhor de todos vocês... eu, EU! EU! O REI DO MUNDO! Ha, ha, ha, ha, ha!* — tossiu um pouco. — *Mas... esta transmissão que está sendo irradiada e televisionada simultaneamente em todo mundo, em todas as línguas, é para informar a todos que a partir de zero hora de quinta-feira, eu, EU! EU!... ah! irei governá-los, vassalos. Curvem-se. Não tentem lutar... não adiantaria resistir. Adeus.*

Ouvimos um novo *crrac* e parecia encerrada a transmissão.

— O que é isso? — perguntei, enquanto a música parecia voltar novamente ao ar.

— Deve ser propaganda de algum filme novo... O REI DO MUNDO... até que tem um nome bom... — falou Alice.

— Eles inventam cada uma! — foi o comentário do Prata.

De repente, os ruídos voltaram e um locutor da rádio, interrompendo novamente nossa música, começou a falar:

— *Senhores ouvintes... houve uma interferência nas nossas transmissões, não conseguimos apurar até o momento a origem. Continuaremos com nossa programação normal. Obrigado.*

— Puxa! — falei. — Quer dizer que não foi propaganda, não! Era algum maluco mesmo interferindo na transmissão da rádio. O Rei do Mundo... — repeti.

— Puxa! — falou Alice. — se a gente fosse personagem de história em quadrinhos, desses que têm dupla identidade, como o Batman ou o Super-Homem, a gente diria assim: *Este é um trabalho para Dico e Alice...*

— Genial... — falei, rindo. — A gente ia para a cabine e voltava com um uniforme de super-herói... o meu ia ser todo de branco, todo pacífico... ia dar flores...

— Um super-herói meio *hippie*... — falou minha irmã. — Pois eu, não. Eu ia ser um super-herói mesmo, com capa, máscara, botas...

— Que papo de quem não tem o que fazer... — falou o papai.

— Pois eu tenho muito que fazer... — falou o Prata. E, se levantando: — Vou dormir.

E assim, subitamente, o convés do *Fuwalda* ficou vazio.

Cada um de nós foi para o seu beliche, para uma noite de sonhos, embalados pelas ondas.

Uma noite de sono, propriamente, não.

Nós estávamos ancorados em frente à ilha Sapeca, perto de Parati, no litoral do Rio de Janeiro. Tínhamos ido para lá para sair um pouco do Rio, onde a poluição estava muito forte. Aquela era a nossa primeira noite a bordo e só quem já dormiu embarcado sabe a delícia que é o estalido daqueles barulhinhos na madeira. Junto com o bater ritmado das ondas no casco, tudo se transforma numa poderosíssima canção de ninar.

É deitar, puxar a coberta e ferrar no sono.

Foi o que todos nós fizemos, depois de um arrastado "Boa noite".

E, para mim, parecia que havia apenas pegado no sono, estava sonhando com um ventilador gigantesco que esparramava uma farofa amarelada para todo lado, quando ouvi uma voz:

— Que diabo!

Acordei.

O Prata, meio sentado no seu beliche, já havia acendido a luz da cabine.

— O que foi que aconteceu? — perguntei.

Nisso, melhor acordado, já desperto, percebi um ruído estranho, semelhando às pás do ventilador no meu sonho.

— É o barulho de um helicóptero... — falou o Prata.

— Ele parece que está parado bem em cima da gente... — respondi.

— Ei, Prata... — o papai também acordou. — o que está acontecendo?

— O que foi? — perguntou por sua vez Alice, estremunhada.[1]

E a confusão ficou maior quando um vozeirão vindo lá de fora começou a berrar:

— *ALÔ... ALÔ, PESSOAL A BORDO DO FUWALDA... ALÔ... É UM EMERGÊNCIA...*

De um salto, eu estava lá fora.

Um helicóptero, com um holofote varrendo nosso convés, estava estacionado no ar, a uns cinco metros a estibordo[2] da nossa proa.

— ALÔ.... — berrei de volta. — O QUE É? QUEM É?

Mas a barulheira era tanta que eles não podiam me ouvir.

O helicóptero movimentou-se, sem graça, e estacionou desta vez bem em cima do *Fuwalda*.

Um homem chegou bem perto de mim e falou, com as mãos em concha:

— *VOCÊ PODE ME OUVIR?*

— SIM... — berrei de volta. — O QUE VOCÊ QUER?

— *EU NÃO SEI. É SUPERSECRETO. MAS TENHO UMA CARTA PARA A SENHORITA ALICE ANDRADE...*

— SOU EU... — falou Alice, que já estava do meu lado.

O homem jogou a carta dentro de uma cesta para Alice.

Ela apanhou o envelope, onde estava escrito *SUPERSECRETO*, foi até um lugar onde havia melhor luz e pôs-se a lê-lo. Não me contive. Fui até onde ela estava e pus-me a ler sobre o seu ombro.

---

1 Nota do Org.: Sonolenta, que acabou de acordar.
2 Nota do Org.: Lado direito do barco, para quem está dentro dele e olha para sua frente.

O Rei do Mundo

CAPÍTULO II

A GENTE NÃO TEM POR QUE SE QUEIXAR __ QUE ONDA MAIS CAFONA! __ EM NOVA YORK

A carta dizia assim:

> Ilma. Senhorita
> Alice Andrade
> Rio de Janeiro - Brasil
>
> Alice:
>
> Você ainda deve se lembrar de mim, o Professor Tomo Yaluz, que estive há algum tempo aí no Rio e estudei os seus poderes extrassensoriais.
> Pois bem, chegou o momento em que eles podem ser muito úteis. Parece que corremos grande perigo.

Como se trata de assunto supersecreto, pediria a você que viesse o mais rápido possível à sede da ONU — Organização das Nações Unidas — aqui em Nova York, onde a estarei esperando.
Muito obrigado e até logo.

Prof. Tomo Yaluz

— Puxa.
Alice olhou para mim, os olhos arregalados, e falou:
— É uma carta do Professor Tomo Yaluz, se lembra dele?
— Claro! Foi ele quem descobriu os seus poderes extrassensoriais... — respondi.
— Pois é... temos de ir para Nova York! — ela falou.
— Ir para onde? Para Nova York? — papai perguntou, chegando naquele momento ao convés.
— Sim... respondeu minha irmã. — Temos de ir a Nova York, para a sede das Nações Unidas... — ela estendeu-lhe a carta que acabara de receber.
— COMO É? — o cara do helicóptero berrou novamente. — VOCÊ VEM CONOSCO? TEMOS ORDENS DE LEVÁ-LA DIRETAMENTE PARA O GALEÃO...
— Puxa! — eu falei. — deve ser mesmo uma bruta emergência...
— Temos de ir logo, Dico. Vamos pegar umas roupas...
E assim, alguns minutos depois, eu e minha irmã estávamos dando adeus da janela do helicóptero para o papai e o Prata, que ficaram lá embaixo, no *Fuwalda*, acenando as mãos.
Depois de cumprimentarmos o piloto e o rapaz que estava com ele, perguntei:
— Mas... afinal, do que se trata? O que está acontecendo?
— Não sei de nada... — foi sua resposta. — Somente viemos buscá-los...

E lá se foi o aparelho, passando por cima de Angra dos Reis, em direção ao Aeroporto do Galeão, onde iríamos tomar um avião para a cidade americana.

Ficamos em silêncio e o piloto ligou o rádio numa estação de música em FM.

Viajar de helicóptero é indescritível. Você pode voar de lado, para cima, para baixo, é um movimento muito diferente do avião. E ali, olhando aqueles lugares lá embaixo, ouvindo aquela música, eu pensava no que será que estaria havendo na ONU, que nós pudéssemos fazer alguma coisa a respeito. Mas não adiantava especular. A gente não tinha indicação nenhuma.

De repente, o rádio começou a funcionar mal, uma estática parecia querer interromper a transmissão.

O piloto tentou ajustar o dial, mas, nisso, a mesma tosse interrompeu os ruídos, como da vez anterior, e ouvimos novamente a estapafúrdia mensagem:

— *Curvem-se... curvem-se... curvem-se, vassalos, porque acaba de chegar aquele que é o Senhor de todos vocês... eu, EU! EU! O REI DO MUNDO! Ha, ha, ha, ha, ha!* — *tossiu um pouco.*
— *Mas... esta transmissão que está sendo irradiada e televisionada simultaneamente em todo mundo, em todas as línguas, é para informar a todos que a partir de zero hora de quinta-feira, eu, EU! EU!... ah! irei governá-los, vassalos. Curvem-se. Não tentem lutar... não adiantaria resistir. Adeus.*

Puxa!
— O que é isso? — perguntou o piloto.
— Eu vi essa mensagem na televisão um pouco antes de decolar pra cá — falou o rapaz que estava com ele. — A imagem escureceu e ficou só uma voz rouquíssima! Ninguém sabe quem é nem de onde é...
— Deve ser algum truque publicitário... — falei.
Mas nosso papo foi interrompido.
— Estamos chegando ao Galeão... — falou o piloto.

E realmente, pouco depois, descemos na pista do aeroporto e nem meia hora havia passado e já estávamos novamente a bordo de um jato que ia nos levar direto para Nova York.

Nova York!

Puxa!

É uma cidade tão grande que os nova-iorquinos uma vez começaram a chamá-la de "Nova York, Nova York", assim, duas vezes, porque, explicavam, a cidade é grande demais para um "Nova York" só...

E era mesmo.

O avião sobrevoou, já de manhãzinha, a ilha de Manhattan e pouco depois descemos no Aeroporto John Kennedy.

Descemos do avião e fomos para o prédio do aeroporto.

— Pois não... — falou um funcionário da alfândega, evidentemente em inglês.

— Nova York? — brinquei.

Mas ele não riu.

— Passaportes... — foi logo pedindo.

Entregamos os passaportes para ele.

— Qual o objetivo de sua visita aos Estados Unidos? — ele perguntou?

— Vamos às Nações Unidas... — eu falei.

— Hummm... — resmungou o funcionário, com cara de poucos amigos.

Olhei para Alice.

— Quanto vocês têm de dinheiro? — ele perguntou.

— Dinheiro? — repeti. A gente não tinha nenhuma grana!

— Sim... dinheiro... *money*... quanto?

Tive de dizer que a gente não tinha nada.

— Hummm... — ele resmungou novamente. — não têm dinheiro? Então, não podem entrar.

"Aquilo ia ser difícil", pensei.

— Mas... por quê? — insisti.

— Não tenho de lhe dar satisfações... — foi a resposta mal-educada do ianque.

Eu já ia perdendo a minha esportiva com o carinha quando ouvimos alguém nos chamando:
— *Alice... Dico...*
Olhei para trás. Era o Professor Tomo Yaluz.
Atrás dele vinham mais uns dois ou três senhores.
— Vamos... estamos esperando por vocês... é urgente...
— Mas ele não quer deixar a gente entrar na América... diz que não temos *money*... — eu falei.
— Está bem... está bem... — aí, ele falou com o guarda. — Eles vêm para participar de uma importante reunião nas Nações Unidas...
Finalmente, por causa do pistolão,[3] conseguimos entrar.
Na saída do aeroporto, um automóvel estava nos esperando.
Tomamos o veículo, eu, Alice, Professor Tomo e mais três senhores vestidos de ternos escuros que não falavam nada.
— Quem são eles? — perguntei.
— Segurança... — respondeu o professor.
— Puxa... — Alice falou. — tanto mistério...
— Pois é... — respondeu o professor.
— Afinal, por que é que vocês mandaram nos chamar? — perguntou minha irmã.
— Bem, não podemos discutir isto aqui... — falou o Professor Tomo.
— Por que não? — perguntei.
— Porque é um assunto supersecreto. Ninguém sabe. Eu mesmo sei muito pouco.
— Quem é que sabe? — perguntei.
— Vamos deixar para conversar quando chegarmos ao prédio da ONU...
— O que vai acontecer lá? — perguntei.
— Nós vamos ter uma reunião com o encarregado desse assunto... — ele respondeu.
— Que assunto? — insistiu Alice.

---

[3] Nota do Org.: Gíria que significa "ter conhecimentos", "ter amigos importantes e influentes".

— Esse que vocês vieram tratar... — ele continuou falando sem dizer nada.

Vendo que era inútil tentar extrair alguma informação do professor ali naquele carro, fiquei olhando a cidade de Nova York, que passava pelas janelas da limusine como um lugar submarino.

"Nova York, Nova York", eu pensava, vendo as pessoas desfilarem pelas ruas, vestidas nas roupas mais incríveis. Essa era uma diferença entre aqui e o Brasil: muita gente não se vestia, apenas. Se fantasiava. Havia pessoas vestidas de generais do século dezessete, outros se vestiam com túnicas, uma confusão geral.

Estava ali, perdido naquela contemplação, quando fui "acordado" pelo Professor Tomo.

— Chegamos... — ele falou.

Olhei para o outro lado da janela.

O professor abriu a porta e começamos a subir as escadarias do prédio da Organização das Nações Unidas.

CAPÍTULO III

REUNIÃO NA ONU __ OS TELEGRAMAS ENGRAÇADOS __ MAIS MISTÉRIOS __ QUEM SERÁ QUE ESTÁ DETRÁS DE TUDO ISSO?

O Professor Tomo nos guiava por aquele labirinto de corredores. "Puxa!", pensei, "ainda agora mesmo dormíamos lá no *Fuwalda*, em Angra dos Reis, e agora já estamos aqui, andando nesse assoalho superpolido".

— É aqui... — o professor interrompeu meus pensamentos, indicando uma daquelas portas.

Entramos.

Lá dentro, um senhor vestido com uma jaqueta azul, meio careca, com um rosto oriental, se apressou em vir ao nosso encontro.

O Professor Tomo fez as apresentações.

— Este é o Encarregado Ts'ao Yeh. É a pessoa que está cuidando desse misteriosíssimo, como direi... problema...

— Muito prazer... — falei, apertando a mão do chinês que sorria para nós.

— Muito, muito prazer... — ele respondeu. E, indicando uma mesa com cadeiras em volta: — Vamos nos sentar... temos muito o que ver...

Nos dirigimos para a mesa e ele deu umas ordens para os outros três homens, que nos acompanharam do aeroporto até ali, para saírem. Eles se foram, fechando a porta, e lá ficamos nós quatro.

O chinês falou primeiro.

— Antes de mais nada, é preciso ficar bem caro que esta nossa conversa é supersecreta. Somente vocês dois, Dico e Alice, eu e o Professor Tomo sabemos do que vou relatar.

— Somente nós quatro? — Alice falou.

— Sim. E não podemos falar disso para mais ninguém. É uma história incrível... — respondeu o encarregado.

— Bem, então comece do começo... — falei, curioso.

— É uma história ridícula... até agora custo a acreditar... — ele começou. — O que aconteceu é que recebemos há um mês atrás uma carta maluca de um sujeito que se chamava o "Rei do Mundo". Ninguém deu a mínima atenção. Mas, ontem, começaram a aparecer interferências em todas as televisões e rádios do planeta, com mensagens desse indivíduo... até aí, um louco não muito perigoso. Mas aconteceu então uma coisa extraordinária: alguns chefes de Estado enviaram telegramas à Organização das Nações Unidas apoiando o tal maluco!

— Mas... e o segredo supersecreto? Todo mundo deve saber disso, agora... — eu falei.

— Não... — respondeu o chinês. — Eu interceptei os telegramas. Nós contamos com algum tempo antes que tudo vire notícia. Até agora ninguém está ligando muito. Mas, na hora que isso for do conhecimento público, então, fim do segredo. Por isso é que não podemos falar com ninguém...

— Mas, por que eles apoiam o tal "Rei do Mundo"? E quem é essa figura? — Alice perguntou.

— Quem é ele, ninguém sabe. Apenas uma voz na televisão e no rádio. Mas o que dá ao caso uma outra dimensão é o fato do Primeiro-Ministro da Dinamarca ter enviado um telegrama... olhem aqui...

Ele abriu uma pasta, tirou um telegrama e passou para nós:

> À Assembleia Geral das Nações Unidas
> Quá, quá, quá, quá, quá, quá, quá!
> O Rei do Mundo está botando pra quebrar
> Prezados Senhores: apoio de coração o REI DO MUNDO.
> Ass. Primeiro-Ministro da Dinamarca

— Mas... isso é... — comecei a falar, depois que li aquele telegrama.

— Muito engraçado... — falou Alice.

— Olhem este aqui — falou o encarregado, pegando outro telegrama e passando-o para nós.

— Mas... — eu caí na risada. Também, não era para menos. O telegrama era nos mesmos termos do outro:

> Quá, quá, quá, quá, quá, quá, quá, quá!
> Mais do que Napoleão ou Tamerlão.[4]
> Apoio o Rei do Mundo!
> Apoio oio oio!

— De quem é? — perguntou Alice.

---

[4] Nota do Org.: Conquistador de origem turco-mongol (1336-1405), nascido no que hoje é o Uzbequistão, responsável por campanhas militares que vitimaram mais de 17 milhões de pessoas, segundo estudiosos.

— Do Presidente da República da Cracóvia... — respondeu o Professor Tomo Yaluz, relendo a mensagem.

— Puxa! — eu falei.

— E tem mais... tem mais! — repetiu o encarregado, mostrando uns três ou quatro telegramas mais, entre os dedos.

— E tudo assim, meio maluco? — eu perguntei.

— Todos assim... meio malucos... — ele respondeu.

— Puxa! E o senhor, naturalmente, já confirmou a autenticidade desses telegramas, não é? — perguntei.

— Sim... claro... na mesma hora, telefonei para cada um deles e, embora eles pareçam normais ao telefone, confirmaram tintim por tintim o que haviam telegrafado.

— Deixe eu ver se estou entendendo — falei. — Vamos ver: há um mês vocês recebem uma carta dizendo que um tal "Rei do Mundo" quer a obediência de todas as nações, quer tomar conta do planeta. Ninguém liga. Acham que ele é doido. De repente, ele consegue interferir na transmissão de todas as televisões e rádios com essa mensagem maluca. E como se isso já não fosse bastante, os primeiros-ministros, presidentes, reis, isto é, os verdadeiros reis do mundo, mandam telegramas em que parecem debiloides apoiando esse misterioso sujeito...

— É isso mesmo... — falou o Ts'ao Yeh.

— E o que vocês sabem a respeito disso? — Alice perguntou. — Quem é esse Rei do Mundo?

— Não sabemos absolutamente nada... ninguém sabe absolutamente nada. Até agora, até antes dos telegramas de apoio chegarem, havia apenas uma investigação de rotina sobre quem haveria feito a interferência, mas todo mundo pensa que é algum maluco...

— Mas esses telegramas fazem tudo ficar muito real... — falou o Professor Tomo Yaluz.

— Mas... — perguntei. — O que vocês querem de nós? O que podemos fazer?

— Bem... — falou o encarregado. — O que acontece é que temos até quinta-feira, parece... pelo menos, foi essa a data que o tal "Rei do Mundo" marcou para tomar o poder...

Nisso, bateram na porta.

O encarregado foi abrir. Lhe entregaram um papel, ele voltou até a mesa e falou:

— Outro telegrama... do Presidente da França... — abriu a dobra do papel e leu para nós, em voz alta: — *"Ih, ih, ih, ih, ih, ih, ih, ih, ih, Rei do Mundo, si, si, si, si... eu, Le President Français, apoio o Rei do Mundooooooo..."*

— Está louco... — comentou Alice.

— É isso... — falou o encarregado. — Estão ficando todos loucos...

— Mas... o que o senhor quer da gente? — perguntou Alice.

— Quero que descubram o que está acontecendo. Que você use os seus poderes extrassensoriais para descobrir o que está acontecendo. Se esses homens estão loucos, se estão dominados por algum poder, o que se passa. É uma situação gravíssima. Pode ser algum vírus que alguém disseminou entre os chefes de Estado... pode ser um controle da mente... podem ser milhares de coisas... o importante é descobrir o que se passa... o importante é sabermos se eles estão mesmo malucos... senão, prevejo que alguma coisa de muito ruim poderá acontecer ao nosso planeta... — falou o encarregado.

— Mas como o senhor acha que poderíamos descobrir isso? — perguntou Alice.

— Bom, eu vou conseguir audiências de vocês com esses chefes de Estado... e assim, você, usando sua percepção extrassensorial, poderá descobrir se é alguma magia, alguma coisa assim...

O Rei do Mundo 27

Alice olhou para mim e respondeu:

— Acho um plano meio fora de propósito. Mas podemos tentar...

CAPÍTULO IV

TRÊS PRESIDENTES POR DIA — NADA, NADA, NADA, NADA — INTERMINÁVEIS AUDIÊNCIAS

— Muito bem... — respondeu o encarregado. — obrigado por aceitarem colaborar. Temos já uma reunião de vocês com o Primeiro-Ministro holandês... depois, com o da Croácia, da Dinamarca... Vocês vão ter uma semana agitada...

E era verdade.

Naquela tarde mesmo já estávamos em Amsterdam. Para uma entrevista com o Primeiro-Ministro.

Amsterdam é uma cidade linda, cortada por canais que espelham as casas construídas em suas margens. Muita gente anda de bicicleta e o Vondelpark[5] é um parque magnífico, cheio de

---

[5] Nota do Org.: Parque em Amsterdam, criado em 1864 em homenagem ao escritor Joost van den Vondel (1587-1879), e um dos mais importantes da Holanda.

árvores, onde as pessoas vêm namorar, bater papo ou trazer o cachorro para se exercitar.

Uma pena que, com a pressa que a gente estava, só deu mesmo, quase, para chegar até o aeroporto, dar uma volta na cidade e ir direto ao encontro do Primeiro-Ministro.

Pelo telegrama dele de apoio ao tal do "Rei do Mundo", achei que ele fosse um maluco como os outros.

Mas não. Ele nos recebeu em seu gabinete, gentilmente, conversou conosco, falamos que éramos do Brasil, nos despedimos e foi só.

Ele foi muito legal. Não parecia ser a mesma pessoa que havia enviado uma daquelas mensagens.

De Amsterdam, fomos para a Cracóvia.

A mesma coisa: o Presidente da República da Cracóvia também parecia normal.

Mas todos confirmaram seu apoio ao "Rei do Mundo".

No outro dia, fomos falar com o Primeiro-Ministro da Dinamarca. De tarde, estávamos no México.

Era sempre a mesma coisa.

Os presidentes, os primeiros-ministros, os reis, davam a impressão de não serem diferentes de ninguém, de serem normais. Mas, quando mencionávamos o "Rei do Mundo", eles mudavam. Ficavam parecendo bobos, falavam que o "Rei do Mundo" viria para nos salvar, riam sem propósito.

— É claro que há alguma coisa atrás disso... — eu falei para Alice, enquanto viajávamos no avião, entre um rei e outro.

— Sim... você reparou: é só a gente tocar no assunto "Rei do Mundo" para eles mudarem completamente... alguma coisa está agindo sobre eles... temos de descobrir o que é...

— Você conseguiu descobrir alguma coisa, com os seus poderes extrassensoriais? — perguntei.

— Nada... — respondeu minha irmã. — Tentei me concentrar de todas as maneiras... mas não consegui descobrir nenhuma interferência na mente deles... temos de continuar pesquisando... deve haver alguma coisa em comum entre eles... você sabe, se tudo isso for verdade, deve ser o golpe de alguém ou alguma coisa... temos de descobrir o que é...

— O diabo — falei. — é que o tal "Rei do Mundo" não apareceu mais... desapareceu... deve estar esperando chegar quinta-feira, para aparecer de novo...

— Com uma dessas mensagens malucas... o que será que esse cara, o "Rei do Mundo", realmente quer?

— Quer tomar conta do planeta... — eu falei. — Deve ser alguém que sonha com o poder... você sabe, existem pessoas que querem ter o poder, mandar nos outros, que sentem prazer em mandar nos outros...

— É uma doença como outra qualquer... — falou Alice.

— Bem, doença ou não, o que importa é que ele realmente conseguiu aprontar uma bela confusão... — eu falei, olhando pela janela do avião as luzes de mais um aeroporto. — Estamos chegando...

Aquela nossa reunião era com o Emir Abdull Mohammed do AQ'Btar, de um emirado do Golfo Pérsico. O emir havia mandado um telegrama para a ONU, interceptado, como os outros, pelo Encarregado Ts'ao Yeh, oferecendo todo o seu petróleo — e o emirado de AQ'Btar era riquíssimo em óleo — ao "Rei do Mundo".

Descemos do aeroporto e fomos direto para o palácio do emir.

— Puxa! — eu falava com Alice, enquanto íamos no carro. — Se o "Rei do Mundo" tem já de graça todo este petróleo...

— É petróleo demais... — Alice falava, olhando os inúmeros poços em contínua escavação, na margem da estrada.

Todas aquelas reuniões para mim eram a mesma coisa.

Meio sem graça.

Falávamos que éramos representantes da ONU, que estávamos vindo confirmar o apoio deles ao "Rei do Mundo" e eles respondiam que confirmavam o apoio ou o que quer que houvessem prometido.

Eram todas iguais, essas reuniões.

Muito formais.

Esperávamos sempre na antessala, vários secretários queriam saber nosso nome, era sempre muito chato.

E depois, cada presidente, cada rei, cada primeiro-ministro é mais convencido do que o outro. Nunca ouvem o que você fala direito. Não pedem. Dão ordens.

Eu definitivamente não gostava daquilo, de sair visitando esses chefes de Estado.

Mas havia uma coisa que todos eles tinham em comum: era a agenda.

Todos eles tinham uma agenda que sempre ficava em cima da mesa. O Primeiro-Ministro da Dinamarca tinha uma. O Presidente do México, outra. O Emir do AQ'Btar também tinha uma.

E como eu achava que todas aquelas reuniões eram iguais, me sentei, assim que chegamos, e, como já era meu hábito, pus-me a folhear a sua agenda.

— Sua Alteza o Emir virá dentro de poucos minutos... — falou um dos seus secretários.

E assim, ficamos sentados ali, esperando.

— Olhe, Alice... — eu falei. — você já reparou que todos esses caras têm uma agenda?

— Já reparei... — ela respondeu. — e já reparei também que você sempre está folheando-as... por quê?

— Não sei... — respondi. — veja... aqui está... no dia 22 ele esteve com o Marechal Zornief e uma tal de Patricia Furness... no dia 23... não está anotado ninguém aqui... hoje, dia 24... puxa... cá estamos nós, Dico e Alice... não é legal?

— É... mas não nos ajuda em nada. Precisamos descobrir logo quem é esse tal "Rei do Mundo"... — ela falou.

— Até agora eu acho que é uma brincadeira... — eu falei.

— Mas brincadeira como, se todos esses chefes de Estado o apoiam...? E o que é pior, como eles mesmos falam, sem nunca o terem sequer visto... é demais...

Mas era verdade. O emir chegou, conversamos com ele, que parecia muito são e saudável e confirmou o seu apoio para o tal "Rei do Mundo"; que daria todo o seu petróleo...

— Mas... por quê? Por quê, Alteza? — perguntou Alice. — O senhor por acaso pelo menos já *viu* esse "Rei do Mundo"?

— Não é necessário vê-lo. Ele terá o poder quando quiser.

Saímos de lá do mesmo tamanho. Tomamos o avião e fomos para a Iugoslávia,[6] nosso próximo apontamento.

— É tudo do mesmo jeito... — eu conversava com Alice no avião. — Quando a gente começa a falar, eles são normais, simpáticos. Mas é só tocar no tal "Rei do Mundo" e eles começam a falar como se fossem autômatos...

De tarde, chegamos ao aeroporto de Belgrado.

Pouco depois, estávamos na antessala do gabinete do Primeiro-Ministro, no Palácio do Governo.

Sentei-me ali, esperando.

Em cima da mesa, claro, estava uma agenda.

Peguei-a para ler, enquanto o Primeiro-Ministro não chegava.

---

6 Nota do Org.: País surgido ao fim da Primeira Guerra Mundial, em 1918, reunindo eslovenos, croatas e sérvios, e que se dissolve em 1992, dando origem a cinco repúblicas: Iugoslávia (reunindo Sérvia e Montenegro), Bósnia e Herzegovina, Croácia, Macedônia e Eslovênia.

CAPÍTULO V

QUEM É PATRICIA FURNESS? — UMA COISA LEVA À OUTRA — CHEGA DE VIAJAR DE AVIÃO

— Puxa! — falou Alice. — como demoram...

— Olhe aqui... — eu falei, mostrando a agenda. — esse aqui no dia 18 encontrou-se com o Ministro da Educação... no dia 18 ainda, com o Primeiro-Ministro do Japão... deve ter tido um dia cheio... no dia... ei, Alice... olhe aqui... que interessante...

— O que é? — perguntou minha irmã, vindo sentar-se do meu lado.

— Olhe... no dia 23, ele deu uma entrevista a Patricia Furness...

— E daí? — ela perguntou.

— E daí? Pois bem, todos eles deram uma entrevista a essa mulher...

— O que você está falando? — ela perguntou, subitamente interessada.

— Isso mesmo... você sabe, desde que começamos essa maratona de reuniões com presidentes, reis e primeiros-ministros, eu fico sempre olhando as agendas deles... por simples curiosidade... quero saber com quem esses caras conversam... pois bem, sempre tem essa mulher... em todas as agendas, sempre aparece o nome dessa mulher...

Nesse momento, o Primeiro-Ministro entrou na sala.

— Boa tarde... — ele falou, enquanto estendia a mão para cumprimentar minha irmã.

— Boa tarde — respondemos em coro.

— Muito bem... — ele falou.

— Estamos aqui em missão secreta para a ONU — falei. — E gostaríamos...

— Calma, calma... — ele falou. — vamos nos sentar...

— Ah... obrigada... — respondeu Alice.

— Continuando — falei. — gostaríamos que o senhor confirmasse pessoalmente sua mensagem dizendo que apoia esse tal "Rei do Mundo"...

Como todos os outros, o Primeiro-Ministro mudou de repente de atitude e falou, como um autômato:

— O "Rei do Mundo"? Claro que eu apoio... está confirmado...

— Mas... — perguntou Alice. — quem é essa pessoa? Quem é esse "Rei do Mundo" que ninguém nunca viu?

— Isso não importa — ele respondeu.

Olhei para Alice, desconsolado.

— Bem... — falou o Primeiro-Ministro. — alguma coisa mais? — o seu tom de voz agora era normal, bem diferente do de há um segundo atrás.

Tive uma ideia.

— Excelência... — falei. — quem é Patricia Furness, que o visitou no dia 23 deste mês?

— Patricia Furness?... — ele pensou um pouco. — Ah! É uma jornalista... ela me procurou para realizar uma entrevista...

— Gostaríamos de saber... — eu comecei a falar.

— Olhem — ele me interrompeu, olhando o relógio. — Já não tenho mais tempo... voltaremos a conversar depois... Adeus...

E saiu da sala.

Fomos dali para o automóvel que estava nos esperando lá fora.

— Puxa! — eu falei, assim que entramos. — é tudo a mesma coisa...

— Não, Dico... — falou Alice. — acho que desta vez nós temos alguma coisa...

— Essa mulher, essa jornalista, você está pensando que ela pode ter alguma coisa a ver com isso? — perguntei.

— Não sei, mas temos de investigar isso... vamos pedir ao encarregado, nas Nações Unidas, que nos informe quem é essa jornalista... assim, poderemos ver se ela está por trás de alguma coisa...

Fomos até o posto local de telefonemas internacionais e ligamos para o encarregado.

— Não... não... — falou Alice ao telefone, quando ele perguntou se tínhamos algo de positivo. — Ainda não achamos nada... mas queria que você visse se pode descobrir quem é essa jornalista Patricia Furness...

— Patricia Furness, jornalista... quem é... — ele repetiu, como quem toma nota. — Está bem... podem me telefonar daqui a algumas horas... o que quer que eu consiga, passarei imediatamente para vocês...

Desligamos.

O Rei do Mundo

Ficamos andando ali pelas ruas de Belgrado, que é uma cidade onde a moderna arquitetura se mistura com o passado. É uma cidade de amplas avenidas.

Nos sentamos num café para conversar.

— Alice... — eu perguntei. — E essa sua percepção extrassensorial... o que é que ela diz?

O garçom veio, trazendo cafés com bolinhos e manteiga.

— Não diz nada... você sabe, Dico... essas coisas não são como uma televisão que você liga ou desliga, acho... até agora não percebi nada... todos eles me parecem pessoas absolutamente sãs de corpo e espírito...

— Isto é, eles não parecem diferentes de todo mundo... — eu comentei. — Só são mais sérios e mais convencidos...

— É verdade... — ela falou. — Mas o que importa é que o tal "Rei do Mundo" parece que tem realmente a situação dominada...

— E ninguém nem sabe quem é ele, ninguém nunca o viu, ninguém fala nada. Só repetem: *apoio o "Rei do Mundo". Apoio o "Rei do Mundo"*... como se fossem um disco quebrado...[7]

— E o que é pior, Dico... — Alice falou. — Esse cara, o "Rei do Mundo", parece mesmo ter muito poder... Como é que ele poderia ter influenciado, ter feito com que todos esses mandachuvas ficassem do seu lado? Ele deve ter um poder muito grande...

— É verdade, Alice...

— E se isso é verdade, é verdade também que ele poderá então ter condições de realmente tomar o poder na quinta-feira, conforme ele ameaçou, no seu comunicado...

— Quem será esse "Rei do Mundo"? — repeti, pela milésima vez.

— E se ele nem existir? — perguntou minha irmã.

— Não existir como? — perguntei.

---

[7] Nota do Org.: Referência aos discos de vinil que, quando arranhados ("quebrados"), ficavam repetindo o mesmo trecho continuamente.

— Ninguém nunca o viu... — ela respondeu.

— Olhe, Alice... — eu falei. — Não adianta a gente ficar aqui discutindo... temos de encontrar uma pista... já que os teus poderes extrassensoriais não parecem nos levar para lugar nenhum...

— A única pista que temos é essa jornalista Patricia Furness...

— E, por falar nisso, já se passou um tempão... que tal a gente ir e telefonar mais uma vez para o encarregado lá nas Nações Unidas? — eu sugeri.

— Bem... que mais podemos fazer? — ela respondeu.

E assim, pagamos a conta e voltamos para a telefônica.

Alguns minutos depois, estávamos falando com o encarregado, pelo telefone.

— Então... — perguntou Alice. — descobriram alguma coisa?

— Sim... — respondeu o chinês, lá de Nova York. — Essa jornalista, Patricia Furness, é muito conhecida... mora em Lisboa...

— Ótimo... ótimo... — ela respondeu. — E o endereço... qual é o endereço?

— Rua do Outeiro 44... Lisboa — falou o encarregado.

— Está bem... obrigada... — respondeu minha irmã.

E desligou.

— Lisboa, hein? — falei.

— Lisboa... — ela respondeu. — E tenho o pressentimento de que estamos na pista certa... vamos pra lá imediatamente...

CAPÍTULO VI

AINDA AVIÃO, AVIÃO, AVIÃO... — NA SURDINA E SEM PUBLICIDADE — UMA GAROTA INOCENTE —

Eu já não aguentava mais essas viagens de avião. Em cinco dias havíamos viajado o equivalente a duas voltas ao mundo!

Pelo menos, eu esperava, estávamos chegando em algum lugar, embora eu tivesse de concordar que a razão das minhas esperanças era muito pequena: apenas o fato de que, na agenda de todos os chefes de Estado que haviam aparentemente enlouquecido e enviado o telegrama de apoio ao desconhecido "Rei do Mundo", havia um apontamento com essa misteriosa Patricia Furness. Só isso. Mas, para quem não tem nada, qualquer pista serve.

— Rua do Outeiro, 44... — Alice leu outra vez o endereço da jornalista.

— Será que ela faz parte de alguma organização criminosa?

— E se for mesmo ela, o que é que ela fez para que os chefes de Estado obedeçam, isto é, apoiem o ridículo "Rei do Mundo"?

— Puxa! — eu falei. — Só temos perguntas e nenhuma resposta...

— Mas, desta vez, tenho o pressentimento de que estamos na pista certa, embora eu não possa dizer por quê... afinal, toda esta história é extremamente improvável... se alguém quisesse mesmo tomar o poder do mundo, teria de...

— Teria de o quê? — perguntei.

— Bem... teria de ter um plano... não sei direito, eu na realidade nunca pensei nisso...

— Talvez esse pessoal tenha um plano; eu falei...

— Disso eu não tenho a menor dúvida... — falou minha irmã.

— Imagine, Alice, que uma organização de criminosos quer dominar o planeta... então, a maneira mais fácil seria dominar os chefes de Estado dos diversos países... dominando-se os presidentes, os reis, os primeiros-ministros, então se domina tudo...

— Mas, Dico... — ela me respondeu. — Se uma organização como esta realmente fizesse isso, eles não iam querer aparecer... iam querer ficar na surdina, sem publicidade... não iam ficar enviando mensagens pelo rádio e pela televisão e muito menos teriam uma ideia tão ridícula como chamar-se a si mesmos de REI DO MUNDO...

— É verdade... — concordei. — Se fosse uma organização, seria apenas alguma coisa de frio e impessoal... e, no entanto, esse cara parece ser mesmo é insano...

— Você vai ver... Ele não faz isso para ganhar dinheiro nem nada... deve ser algum maluco...

— Ou maluca... — falei, olhando outra vez o endereço da jornalista.

— Não... o nosso peixe é um homem... você ouviu aquela voz rouquíssima falando no rádio...

Chegamos em Lisboa, pegamos um táxi no aeroporto e fomos direto para o tal endereço, para a tal Rua do Outeiro.

Era um lugar afastado da cidade.

— Cá chegamos... — falou o chofer, como o seu sotaque lisboeta, parando em frente a uma cerquinha de madeira, ao lado da estrada.

Enquanto Alice pagava, aproveitei para olhar em volta.

Era uma cerca muito bonitinha, de madeira, com umas trepadeiras crescendo. No centro do terreno, uma pequena casa caiada de branco, bem no estilo português, com umas latadas[8] cheias de gerânios...

Nós estávamos vindo do avião, de um papo muito pesado, pensando em descobrir organizações criminosas, coisas assim. Aquela casa bonitinha, bem cuidada, nos desarmou por completo.

— Puxa! — Alice falou. — Será que é aqui mesmo?

— Rua do Outeiro, 44... — confirmei, lendo o número.

— Bom, o jeito é irmos até lá e conversarmos com ela... — falou minha irmã.

E assim, seguimos pelo caminhozinho gramado que levava até a soleira da casinha e tocamos um pequeno sino que estava preso do lado da porta, à guisa[9] de campainha.

Blém, blém, blém...

Insistimos.

Até que uma moça de uns vinte e sete anos veio atender.

— Pois não? — ela perguntou, olhando pela janelinha da porta.

— Você é Patricia Furness, a jornalista? — Alice perguntou.

---

8 Nota do Org.: Grade horizontal, feita de varas que servem de suporte a plantas trepadeiras e vinhas.

9 Nota do Org.: Locução que significa "à maneira de", "como se fosse".

O Rei do Mundo

— Sim, sou eu mesma... — ela respondeu. — Não querem entrar?

Entramos.

O interior da casa também era muito bonitinho. Tudo no seu lugar.

— Você tem muito bom gosto... — falou minha irmã.

— Obrigada — respondeu a garota.

"Puxa!" — pensei. — "ela tem cara de anjo e não de bandida... aposto qualquer coisa como ela não sabe de nada a respeito desse tal de 'Rei do Mundo'..."

— Mas... — continuou a moça. — em que posso servir-lhes?

— Bem... — falou Alice. — gostaríamos de...

— Sim? — perguntou ela novamente.

— Bem... — repetiu minha irmã. — gostaríamos de...

Era evidente que Alice não queria revelar o motivo da nossa visita. E estava embaralhada, sem conseguir descobrir uma outra coisa qualquer que justificasse nossa ida até ali.

— Bem... — eu falei, indo em socorro de minha irmã. — nós gostaríamos também de entrar para o jornalismo... e pensamos que talvez você pudesse nos ajudar... — menti.

— Mas vocês ainda são muito novos... — ela falou. — E de mais a mais, tenho um compromisso urgente com o Rei do Marrocos... ele vai me dar uma entrevista exclusiva... por que não voltam aqui depois e então conversaremos?

— Está bem... — Alice falou. — foi um prazer muito grande.

— O prazer foi meu... — ela respondeu. — Tenho sempre o maior interesse em ajudar pessoas legais como vocês parecem ser... — e aí, ela nos deu um sorriso maravilhoso, cheio de luz.

Nos despedimos e eu fui com Alice, andando pela estradinha.

— Puxa, Alice... você não queria falar com ela a respeito do "Rei do Mundo"?

— Não. Talvez ela seja mesmo um agente dele e poderia ser perigoso para nós...

— Essa garota? Com esse sorriso? Não... eu não acredito que ela faça parte de nada ruim... ela tem os olhos tão limpos...

— Eu não sei, não, Dico... mas parece que você tem razão. Vamos, de qualquer maneira, esperar que ela saia e depois entraremos na casa para investigar.

Ficamos ali mais uma hora até que ela saiu, com uma máquina de escrever a tiracolo.

Entramos novamente na casa pela janela, vasculhamos tudo.

Não encontramos nada, sinal de nada. Nada. Era uma casa singela, de uma moça solteira, profissional. Não havia nada que nos fizesse acreditar que ela estivesse envolvida com o tal "Rei do Mundo".

Decepcionados, voltamos para Lisboa.

Estávamos exaustos. Dormimos num hotel até o outro dia, depois do almoço.

Tomamos um bom banho, preparei alguma coisa.

— Que fazer? — eu falei com Alice, enquanto comíamos.

— Vou telefonar para o encarregado e dizer que não conseguimos nada... — ela respondeu.

E assim, logo depois, fomos ao telefone, pedimos uma ligação para o número do chinês em Nova York e, pouco depois, estávamos falando com ele.

— Não conseguimos descobrir absolutamente nada... — falou Alice. — Acho que o nosso método não deu certo.

— Que pena... — ele respondeu. — Porque as coisas estão ficando feias...[10] acabo de receber um telegrama do Rei do Marrocos apoiando o "Rei do Mundo"...

— O QUÊ? — berrou Alice e, sem maiores explicações, desligou o telefone.

---

10 Nota do Org.: "Pretas", no original.

O Rei do Mundo

CAPÍTULO VII

UMA ESTRANHA VEGETAÇÃO...
__ COMO A ARQUEOLOGIA PODE
NOS AJUDAR... __ TEMOS DE
PENSAR SEMPRE, SENÃO A GENTE
PERDE A OPORTUNIDADE...

— O que aconteceu? — perguntei para Alice, que olhava para mim sem falar nada.

— O Rei do Marrocos mandou um telegrama apoiando o "Rei do Mundo"... — ela falou.

— E era o Rei do Marrocos quem ela foi entrevistar ontem... — eu falei.

— Sim... estávamos na pista certa... agora não tenho nenhuma dúvida de que ela está realmente metida nessa confusão. Vamos para lá imediatamente... — minha irmã falou.

Saímos do hotel, tomamos um táxi e demos novamente o endereço da Rua do Outeiro, 44.

Chegamos lá e ficamos escondidos num mato, esperando.

Mais de tardinha, a jornalista chegou, sozinha.

Nada acontecia.

— Tenho medo da gente ficar aqui marcando bobeira e a ação estar se passando em outro lugar... — eu falei.

— Mas... onde? A única pista que temos é esta... e aqui não há nada...

E era verdade.

Aquilo era apenas uma pequena casa, com uma moça solteira.

Não acontecia nada. Não podia ser a sede de uma organização que pretendia dominar o mundo.

Fiquei olhando para o terreno.

Ali em volta da casa crescia um capim parecendo esse nosso capim-gordura. O mato estava crescido parecia um mar verde, ondulando com o vento.

— Como é bonita a vegetação quando o vento sopra... — eu falei.

— Puxa! você é demais, Dico... — Alice falou. — A gente aqui nessa de descobrir qual é a desse "Rei do Mundo" e você fica falando na vegetação...

— Mas é bonita mesmo... — insisti. — Veja, o capim cresce quase que todo da mesma altura, por igual... somente ali é que abaixa um pouco... que engraçado, não é, Alice? Repare... o capim está todo da mesma altura... todavia, naquela faixa ali no meio, à direita da casa, ele diminui de altura...

— Ora, Dico... vamos ver se a gente descobre...

— Ei, Alice, é isso! — eu falei, entusiasmado. — é isso...

— É isso o quê? — ela perguntou.

— Observe bem o capim — eu falei. — Vai todo da mesma altura, não vai?

— Vai... — ela respondeu, sem entender aonde eu queria chegar.

— E no entanto, quando chega ali mais para a direita, tem uma faixa onde ele é mais curto, mais baixo...

— E daí, Dico? O que tem isso de importante? — ela perguntou, com impaciência.

— Bem... todo esse capim foi plantado na mesma época... — eu falei. — Então, por que é que aquele está mais curto? Por que cresceu menos do que o outro?

— Por quê? — ela perguntou.

— Porque deve ter alguma coisa embaixo dele, alguma construção... com isso, ele não cresceu tanto...

— Mas como é que você sabe que é uma construção e não apenas umas pedras no subsolo? — ela perguntou.

— Por causa do desenho... — respondi. — observe: o lugar onde o capim é nitidamente menor é uma linha retinha... depois, vira para a esquerda e lá está a faixa de capim mais curto... vê? É como se fosse o desenho de uma construção...

— Mas... Dico, como é que você sabe que é isso mesmo?

— Num livro sobre arqueologia que eu li... eles dizem que a vegetação muitas vezes pode indicar se tem ou não alguma ruína enterrada...

— Genial... — falou minha irmã. — Talvez seja verdade... eu posso ver que existe uma lógica no seu ponto de vista e o capim realmente parece menor apenas naquelas faixas que são como linhas retas...

Nesse momento a porta da casa se abriu e a jornalista saiu. Ficamos escondidos atrás do mato. Ela passou por nós e continuou andando, estrada abaixo.

— Ei, Alice — eu falei. — é a nossa oportunidade de investigarmos mais uma vez... vamos tentar encontrar alguma passagem secreta ou um alçapão qualquer que nos leve para o subsolo... talvez a casa tenha alguma comunicação com o que quer que exista aí embaixo...

— Vamos logo... — concordou minha irmã.

Assim, alguns minutos depois, lá estávamos novamente dentro da casinha da moça.

Só que agora a gente mais ou menos já sabia o que estava procurando: uma entrada para o subsolo.

Saímos esquadrinhando o assoalho mas não encontrávamos nada.

De repente, ouvimos um barulho na porta da entrada.

— Esconda-se, Dico... — Alice falou, num murmúrio. — Ela acaba de chegar...

Não havia outro jeito. Nos metemos atrás das cortinas, eu fiquei rezando para o meu sapato não ficar aparecendo.

Mas, ela não estava nem um pouco preocupada, a Patricia Furness.

Entrou na casa, fechou a porta, foi até onde estava a biblioteca, tirou um dos livros da estante... aliás, ela não chegou a tirar o livro todo. Apenas puxou-o da fileira, um pouco.

Imediatamente uma porta se abriu, bem pertinho de onde a gente estava, na parede.

Apanhando um saco de papel marrom que ela havia trazido, a moça entrou pela porta adentro, que se fechou, sem ruído, quando ela passou.

— Puxa! — eu falei com Alice. — Descobrimos... eles têm uma entrada secreta... descobrimos...

— Temos de ir lá ver o que é... — respondeu minha irmã.

E assim, fui até a biblioteca de novo, puxei o livro que já havia voltado à sua posição normal.

Tudo funcionou exatamente como da vez anterior.

A porta se abriu e rapidamente por ela descemos nós.

O lugar era escuro. Parecia uma adega. Úmido, cheio de teias de aranha.

Fomos descendo por uma escadinha. Um pouco mais embaixo havia um pouco de luz.

Quando chegamos no rés do chão,[11] ouvimos o barulho de passos vindo de dentro, em nossa direção.

Felizmente, ali era bastante escuro. Nos escondemos num quartinho que estava ali ao lado.

Bem a tempo.

Logo passou a jornalista, com uma garrafa de água mineral vazia na mão.

— Não se canse muito... — ela falou para alguém que não podíamos ver.

— Não se preocupe... cedo teremos tudo funcionando... — falou uma voz, rouquíssima.

Não pude deixar de cochichar para minha irmã:

— É a mesma voz da mensagem no rádio... acho que finalmente achamos o "Rei do Mundo"...

Enquanto isso, a moça chegou ao alto da escada, abriu a porta e desapareceu.

Ouvimos os passos do sujeito da voz rouca também retornarem para onde havia vindo.

Saímos do nosso esconderijo.

— Temos de explorar este lugar... — eu falei. — Agora a nossa vista está mais acostumada à escuridão... talvez a gente consiga descobrir alguma coisa...

---

11 Nota do Org.: Rente ao chão, primeiro pavimento.

CAPÍTULO VIII

QUE LOUCURA __ TRAIÇÃO __ COMO É QUE NÓS DESCOBRIMOS TUDO __ OU MELHOR, QUASE TUDO...

Saímos andando por ali, com mil cautelas.
Chegamos a uma sala vazia, melhor iluminada, onde havia uma estranha máquina, parecia uns quinze aparelhos de televisão juntos, cada um com uma alavanca embaixo.

— Ei, Alice... — no meu excitamento eu quase gritei. — Veja o que está escrito aqui...

— O quê? — ela perguntou, chegando para perto de onde eu estava.

— Olhe, embaixo de cada um destes visores, está escrito o nome de um presidente: *Presidente do México, Presidente da Cracóvia...* Vê?

— E são todos os presidentes que mandaram telegramas de apoio ao "Rei do Mundo"... É isso, Dico... estamos bem no centro dos acontecimentos...

Nesse momento, ouvimos uma tosse e apressamo-nos a nos esconder.

Logo depois, um velho, que imediatamente eu senti que era o cara da voz rouca, entrou na sala onde estava o estranhíssimo aparelho.

— Muito bem, meus bonequinhos... — ele cantarolava com aquela voz horrível. — Muito bem, meus bonequinhos... está na hora de vocês trabalharem um pouco para mim... Ha, ha, ha, ha, ha!

Aí, ele dirigiu-se para a máquina, acionou a alavanca onde se lia *Presidente da França*, e logo o vídeo se iluminou.

O rosto do presidente apareceu na tela.

— Sim, mestre... — falou o presidente. — O que o senhor deseja?

— Envie outro telegrama para as Nações Unidas... — falou o velho. — Hoje mesmo Patricia vai ter uma reunião com o Primeiro-Ministro português e ele também vai apoiar o REI DO MUNDO... Ha, ha, ha, ha, ha!

No vídeo, o presidente continuava impassível, como quem espera ordens.

— Muito bem... agora você está dispensado — falou o velho à imagem na tela. — Envie imediatamente o meu telegrama, entendeu?

— Sim, mestre... — respondeu o presidente que parecia um zumbi.

O velho desligou o aparelho e começou a rir.

— Quá, quá, quá, quá, quá, quá... eu vou ter todos esses bocós de mola[12] no meu bolso... e serei o "Rei do Mundo"... agora à

---

12 Nota do Org.: Expressão que significa "bobo", "tolo".

noite Patricia vai conversar com o Primeiro-Ministro daqui de Portugal e, assim, mais um estará ganho para nossa causa...

Aí, ele consultou o relógio de pulso.

— Ainda falta uma hora para a reunião... acho que vou comer alguma coisa... — ele falou, saindo da sala.

Assim que ficamos sozinhos, eu saí do esconderijo.

— Puxa, Alice... descobrimos mesmo... é ele, é o velhote que quer ser o "Rei do Mundo"... todavia, ele não parece ter uma organização por detrás!

— É verdade... parece que é só ele e a moça... mas, como é que pode? Só um velho e uma moça dominarem todo o planeta? Temos de ver mais, saber mesmo o que está acontecendo...

Nisso, ouvimos passos novamente.

Era o velhote outra vez.

Ele foi até um visor onde não havia nenhum nome embaixo e escreveu: *Primeiro-Ministro de Portugal*.

Depois, sentou-se numa cadeira e esperou.

Uma meia hora depois, uma luzinha verde acendeu-se bem debaixo da tela que ele havia colocado o nome.

— Sim... pode falar... — disse o velhote num microfone.

— Mestre, sou eu, Patricia...

— Sim, eu sei... pode falar...

— Estou no gabinete do Primeiro-Ministro... ele vai me dar uma entrevista dentro de alguns minutos... vou ligar o visor para o senhor ver o que se passa...

Imediatamente a tela ficou clara e pude ver uma sala que deveria ser o gabinete do Primeiro-Ministro.

Pouco depois, ele entrou por uma porta. Dali de onde estávamos, podíamos ver tudo, como no cinema.

— Boa noite... — falou o Primeiro-Ministro.

— Boa noite... — respondeu a Patricia.

— Você é a jornalista que queria uma entrevista comigo a respeito destes meus primeiros meses de governo, não é?

— Sim, Excelência... — ela respondeu.

— Então, vamos lá às questões... — falou o português.

A Patricia nesse momento abriu a bolsa, tirou uma pequena bomba, dessas usadas para asma, e, subitamente, virou o jato em cima do Primeiro-Ministro, que ainda tentou esboçar uma reação.

Mas, de dentro da bombinha, saiu um gás qualquer que imobilizou o chefe de Estado.

Rapidamente, Patricia tirou uma espécie de alfinete de dentro de sua bolsa e — que incrível! — cravou o alfinete profundamente no crânio do político imobilizado pelo gás.

Aquilo não durou nem um minuto. O gás se dissipou e parecia que nada havia acontecido.

Mas era só aparência, a normalidade.

O velhote, que havia assistido toda a cena dando gargalhadas, falou para o microfone:

— Você agora é meu escravo... está ouvindo?

Do outro lado, no vídeo, o Primeiro-Ministro abanou a cabeça, concordando.

— Muito bem, Patricia... um sucesso, a implantação do pino nesse aí... sua missão está cumprida... volte imediatamente para a base...

— Está bem... está bem, mestre... — ela respondeu.

— E quanto a você... — o velhote se dirigiu ao português.
— envie imediatamente um telegrama à ONU, nos seguintes termos:

> À Assembleia Geral das Nações Unidas:
> É canja, é canja, é canja de galinha,
> O "Rei do Mundo" é que vai jogar na nossa linha!

— Ha, ha, ha, ha, ha!... — ele riu, como um louco.

> Apoio incondicionalmente o "Rei do Mundo" para
> ser o chefe do planeta...

— E assine direitinho: *Primeiro-Ministro de Portugal*... Ha, ha, ha, ha, ha! — o velhote ria. Depois, ainda rindo, saiu da sala.

— Puxa! — eu falei, logo que ficamos sozinhos. — Então é assim que eles fazem: marcam uma entrevista com a jornalista Patricia Furness. No meio da entrevista, ela, utilizando um gás qualquer de uma bombinha de asma, coloca o entrevistado momentaneamente num estado de anestesia... aproveitando-se disso, ela enfia uma espécie de alfinete no crânio do sujeito...

— E parece que é esse alfinete que permite ao "Rei do Mundo" controlar todos esses homens importantes... torná-los seus escravos...

— Puxa! — eu disse. — a gente está enfrentando um perigo muito maior do que a gente pensava... Esse cara agora já domina mais da metade dos chefes de Estado das nações mais importantes da Terra... se ele quiser, pode aprontar a maior confusão... Vamos destruir tudo isso — eu falei, indo em direção àquele estranho aparelho.

Mas, na hora em que eu fui tentar tocá-lo, levei um choque terrível.

— É impossível destruí-lo! — falei com Alice. — Há uma barreira eletrificada em sua volta... temos de pensar em alguma outra coisa...

— Acho que eu sei... — falou minha irmã. — acho que tenho uma ideia... Vamos subir e aguardar a Patricia...

Eu não entendi direito, mas resolvi seguir sua ideia.

Subimos a escada novamente e nos escondemos atrás da cortina, na casa da Patricia, como havíamos feito da vez anterior.

CAPÍTULO IX

A ESPERA __ UMA ILUSÃO DESFEITA __ AÇÃO, É ISSO QUE É NECESSÁRIO AGORA... __ PUXA, MAS NÃO TANTA!

Ficamos ali detrás daquelas cortinas um bom tempo, esperando a moça chegar. Lá pras tantas, a maçaneta girou na porta.

— Ela está chegando... — falou Alice. — temos de esperar até ela ir dormir...

Mas ela abriu mais uma vez a porta secreta e desapareceu escada abaixo.

— Com certeza, ela foi conferenciar com o tal "Rei do Mundo"... — falou Alice. — Deve ter ido contar-lhe que a missão junto ao Primeiro-Ministro português foi um sucesso...

— Mas... — eu falei. — uma moça com uma cara de anjo como essa, metida numa trama assim, a fim de escravizar toda a humanidade...

Mas não tivemos muito tempo para conversar. Logo depois, ela veio novamente lá de baixo.

Como já estava bem tarde, ela preparou um pouco de comida, viu um filme na televisão e depois foi para o quarto.

Ficamos de cá, olhando a luz que logo depois se apagou.

Alice ainda esperou uns quarenta minutos.

— Vamos, Dico... — ela sussurrou no meu ouvido. — Não deixe ela acordar... não faça barulho...

— Mas, Alice... o que você pretende fazer?

— Você já vai ver... — ela me respondeu.

E sorrateiramente foi até o quarto onde a moça estava dormindo.

Pé ante pé, eu segui atrás dela.

Alice chegou até a cama da Patricia, que dormia a sono solto, envolta num cobertor de lã azul, confortável.

Minha irmã foi até atrás da cama e, com mil cuidados, começou, pacientemente, a passar os dedos na cabeça da jornalista adormecida.

Não era uma noite muito escura.

Não que fosse uma noite de lua.

É que lá de fora da casa vinha uma luz de um poste colocado logo na entrada, que se filtrava pelo vidro da janela.

Pouco a pouco nossa vista ia se acostumando àquela penumbra.

Alice continuava meio agachada na cabeceira da cama da moça.

Lentamente, para não acordá-la, ela passava a mão pelos seus cabelos, pela sua cabeça.

A moça de vez em quando dava uns grunhidos, como quem queria acordar, e se virava de lado.

Alice parava, esperava e depois começava tudo de novo.

Era uma questão de paciência...

De repente, pude ver, mesmo naquela meia luz, que os olhos da minha irmã se arregalavam.

Foi quando, sem se preocupar mais em acordar ou não a moça, ela deu-lhe um puxão nos cabelos.

— O QUÊ? — berrou Patricia, acordando, violentamente.

— CALMA... — gritou Alice, com um negócio na mão que eu não podia ver direito.

— O QUÊ? O QUE ESTÁ ACONTECENDO? — a moça berrava, sem entender.

— Calma... não se lembra da gente? — eu falei.

— Claro que me lembro — ela respondeu. — Mas, o que estão vocês a fazer aqui no meu quarto a esta hora, o que querem? É um assalto?

— Que assalto, que nada... — falou Alice. — Estamos aqui para libertar você do domínio do "Rei do Mundo"...

— O QUÊ? O QUÊ? — a moça agora parecia hiperassustada.

— Viemos libertar você do REI DO MUNDO... — eu falei.

E me calei imediatamente.

Metendo a mão debaixo do travesseiro, a moça pegou um revólver que não tínhamos visto e apontou-o decididamente para nós.

— Ah! então vocês descobriram tudo... mas não vão contar para ninguém, ouviram...? eu vou tomar conta de vocês... nossos planos estão indo muito bem... brevemente poderemos finalmente ter paz, justiça, aqui neste nosso planeta...

— O que você está falando? — Alice perguntou.

— Bem, agora vocês provavelmente já devem saber de tudo — ela respondeu, ainda apontando o revólver com segurança em nossa direção. — O "Rei do Mundo" é um velhinho, um velho cientista, que todos diziam estar louco... pois bem, ele descobriu uma maneira de controlar todos os chefes de Estado, todos os reis, presidentes, primeiros-ministros... e assim, vamos pela primeira vez na face da Terra fazer um governo justo... vamos obrigar esses governantes a satisfazerem o povo... vamos...

— Não acredito nisso... — falou minha irmã.

— Por que não? — falou a moça. — Ele é um homem sincero. É melhor do que essa corja de políticos que só vê o próprio interesse, o poder, só pensa no poder... o "Rei do Mundo" não, é um homem nobre... quer fazer o bem...

— É por isso que você o ajuda no seu plano? — eu perguntei.

— Sim, é por isso... — respondeu a Patricia.

— Pois você está enganada... — falou minha irmã.

— Eu estou enganada? — a moça perguntou, surpresa. — Como é que você sabe que estou enganada?

— Bem... você confia nele, não confia? — Alice perguntou.

— Claro que confio... seus ideais são lindos, certos... — ela respondeu.

— Muito bem... — falou minha irmã. — Se ele fosse realmente seu amigo, ele não precisava ter enfiado isso na sua cabeça...

E ela jogou o alfinete que havia momentos antes extraído do crânio da Patricia, enquanto ela dormia, em cima da cama.

— O QUÊ? — a jornalista parecia não querer acreditar.

— Veja com os seus próprios olhos... — falou minha irmã.

Ela pegou o pino e examinou-o com cuidado.

— Bem... inegavelmente trata-se de um pino de comando. Implantando isto na cabeça de uma pessoa, ela passa imediatamente a obedecer ao "Rei do Mundo" cegamente... foi assim que conseguimos dominar a maioria dos chefes de Estado... — falou a Patricia.

— E foi assim que ele tentou escravizar você também... — eu falei.

— Mas... é impossível...

— Não é nada impossível... — falou minha irmã. — Eu mesma extraí esse alfinete de sua cabeça, enquanto você dormia...

— Mas... como é que você sabia? — ela perguntou, ainda sem acreditar.

— Quando vi você na televisão respondendo às perguntas que o velhote lhe fazia. Você era igual aos outros em que o alfinete havia sido implantado. Ficava falando: *"Sim, mestre... não, mestre..."*. Aí, eu percebi logo que ele também havia feito alguma coisa para escravizar você...

— Mas... por quê? — a moça perguntava, sem entender, o alfinete na mão, o revólver já quase esquecido, em cima da cama.

— O poder... — respondeu minha irmã. — Ele talvez até tivesse boas intenções, quando isto começou, mas, depois, deve ter se deixado levar pela ânsia do poder...

— Puxa! — Patricia estava tristíssima. — No fundo ele então é igualzinho a qualquer um desses políticos... e eu estava ajudando-o a construir uma tirania como nunca se viu na Terra... Meu Deus!

— Mas você não estava consciente disso — eu falei. — Ele manobrava você como quisesse, através desse alfinete...

— Bem... — a moça falou, resolutamente. — Não adianta a gente chorar o passado. Temos de fazer alguma coisa...

— A primeira coisa é destruir essa máquina infernal... — eu falei.

— Não sei, não, Dico... não sei, não... — Alice falou, enigmaticamente.

O Rei do Mundo

CAPÍTULO X

UMA LUTA VIOLENTA __
ANTES, AS IDEIAS DE ALICE __
NO FIM, NINGUÉM; OU QUEM
QUER LEVAR A MELHOR?

— Como assim? — perguntei para Alice.

— Ora, Dico... tudo o que a Patricia falou é verdade... uma máquina dessas nos dará um poder incrível... poderemos nós três mudar o mundo... poderemos fazer tantas coisas...

— Ora, Alice... — eu falei. — você não está pensando em ser a "Rainha do Mundo", está?

— E por que não? A ideia é boa... só que ele ficou louco, tentando realizá-la... perdeu o senso das proporções e achou que ia conseguir escravizar o planeta. Nós, não... Faremos uma administração justa... daremos de comer a quem tem fome...

— Ora, Alice... um tirano pode pensar assim, que está fazendo o bem... quem sabe o que é bom para si é o povo... liberdade, essa é a única maneira de resolver qualquer problema da humanidade... não escravizando as pessoas... O que você faria, se fosse a "Rainha do Mundo"? — perguntei.

— Primeiro, cuidava da alimentação... proibia o arroz branco... só podia arroz integral... já pensou, Dico? Acabar com a subalimentação assim, de uma penada?

Eu não podia negar que a ideia me atraía.

— Não podemos de qualquer maneira — falou a Patricia. — ficar aqui conversando o tempo todo. Temos de tomar alguma providência...

— Vamos descer até lá embaixo e falar com ele que o sonho acabou... — falou minha irmã.

E assim, pouco depois, estávamos descendo novamente as escadas do alçapão. Patricia ia na frente.

Logo chegamos numa pequena sala, cheia de livros, onde havia uma mesa com restos de um lanche.

Sempre seguindo a Patricia, dobramos à direita, e entramos num quarto. Lá, numa cama, dormindo como um bebê, estava o velhote.

Acordei-o, sacudindo-o pelo ombro.

— O que é isso? — ele falou, pondo-se de pé de um salto, com uma agilidade que eu não esperaria nele, de jeito nenhum.

— O sonho acabou... — falou a Patricia. — Você está louco... queria escravizar todos...

O velhote estava morto de raiva.

— CALE-SE... — ele berrou com a moça. — como ousa falar assim em minha presença? Ajoelhe-se...

Mas a moça ficou de pé, olhando-o nos olhos.

— AJOELHE-SE... — berrou o velhote. — É UMA ORDEM...

— Não adianta gritar... — falou Alice. — nós tiramos o alfinete da cabeça dela... você não tem mais nenhum poder sobre...

Ao ouvir isso, o homem ficou como um louco.

De um pulo, correu para a sala onde ficava a estranha máquina, cheia de televisões, de onde ele controlava os governantes do mundo.

Mas eu também não sou assim tão devagar.

Pulei atrás dele e foi uma briga terrível.

O velhinho tinha uma força incrível, que eu não poderia suspeitar. E a loucura parece que a aumentava várias vezes.

Ele me deu um empurrão e eu caí de lado.

Imediatamente ele se levantou e pegou uma cadeira e veio com ela, em minha direção. Por um triz, consegui escapar.

Mas a cadeira acertou um daqueles milhares de fios que cobriam metade da parede.

Umas faíscas começaram a saltar.

— Temos de salvar a máquina... — berrou Alice.

"Mas... que diabo tem esse homem no corpo?", pensei.

Tentei agarrá-lo novamente mas ele me deu outro safanão.

Caí.

As faíscas haviam se multiplicado em curtos-circuitos e uma fumaça fedorenta invadiu o ar.

— FOGO... — gritou Patricia. — FOGO...

— Cuidado, Dico... — falou Alice. — senão, vamos terminar presos aqui, como numa ratoeira...

— MINHA MÁQUINA DO PODER... — o velho gritava desvairado, iluminado pela chama das labaredas que começavam a lamber o teto da construção subterrânea.

Não dava tempo para mais nada.

— Vamos embora... vamos embora... — eu gritava.

Patricia subiu correndo pela escada.

— Vamos — eu falei com o velho. — Isto aqui vai virar um inferno...

Ele me olhou bem nos olhos. O olhar de quem de repente vê tudo, sua vida, seus planos, desaparecerem como um pau de fósforo queimado.

Foi demais. Suas forças o abandonaram. E, de repente, aquele velho tão forte, tão orgulhoso, o "Rei do Mundo", como ele próprio se chamava, começou a chorar.

Sem perder mais tempo, tomei-o pela cintura e, ajudado por Alice, levamo-lo escada acima.

O fogo correu rápido. Quando chegamos na casa da Patricia, a fumaça era tanta que quase nos mata.

Fomos para fora.

Em pouco tempo, sepultado pelas labaredas, morria o sonho do "Rei", ou melhor, ex-"Rei do Mundo".

O velhote andou de cá pra lá, olhou aquilo tudo e depois falou:

— Foi melhor... eu também havia virado um escravo... só queria poder... poder... nada mais tinha importância... agora eu vejo como estava errado...

— Pois eu ainda acho que a máquina era uma boa ideia para se conseguir um pouco mais de justiça neste nosso mundo, dominado pelos poderosos... — falou minha irmã.

— É... — respondeu o velhote. — eu entendo o que você sente. Mas, aprenda minha lição: não vai ser nenhuma máquina que vai fazer isso... somente o homem, ele mesmo, é quem pode resolver isso...

— Eu não concordo... — começou a dizer Alice.

Mas ele não ouvia mais. Vagarosamente, sem olhar para trás, desapareceu pela estrada.

* * *

No outro dia, telefonamos para o encarregado, nas Nações Unidas.

— Alô... — ele respondeu, ao reconhecer minha voz.

— Alô... — respondi.

— Então? Encontraram alguma pista?

— Sim... — disse eu. — acho que resolvemos o problema.

— COMO? — ele deu um berro.

— Calma... — falei. — Tudo o que você tem de fazer é dizer a todos esses governantes que enviaram telegramas de apoio ao ex-"Rei do Mundo" para consultarem um médico... há uma epidemia de alfinetes nas cabeças dos chefes de Estado...

— Epidemia de quê? Alô? Uma epidemia de alfinetes?

— Sim, isso mesmo... — repeti. — Uma epidemia de alfinetes... mande cada um deles procurar um médico para extraí-los... e é só isso...

— Uma epidemia de alfinetes? — ele repetiu outra vez, sem entender.

— Sim, isso mesmo... — respondi.

E desliguei.

*

*   *

POSFÁCIO[1]

Leonardo Nahoum

Editar os livros inéditos de *Dico e Alice*, descobertos por nós quando ainda fazíamos as primeiras visitas à Ediouro, em 2014, para um mestrado sobre a série *Inspetora*, de Ganymédes José, tem sido um exercício interessantíssimo de mergulho no passado, tanto pela temática dos livros quando pelos processos editoriais de então: estávamos em meados da década de 1970, onde falar sobre ditadores ("reis do mundo"...) ou sobre o meio ambiente e a poluição não era propriamente coisa de quem queria agradar o *status quo*. Mas esse é o mote de Carlos Figueiredo, quase sempre; e que bom que assim foi.

Nas buscas pelos arquivos da editora de Bonsucesso, as pastas de originais para os inéditos de Dico e Alice infelizmente traziam duas lacunas: para o 14º livro, *Dico e Alice e Mãe Ganga-*

---

[1] Trechos deste posfácio aproveitam partes da tese de doutorado *Mister Olho: de olhos abertos... ou será que não? Uma análise crítica da coleção infantojuvenil Mister Olho e de seus autores à luz (ou sombra...) da ditadura militar* (2019), que aparecem no volume *Livros de bolso infantis em plena ditadura militar* (2022, AVEC Editora) e nos posfácios anteriores dos livros inéditos da série *Dico e Alice* publicados pela AVEC Editora.

na, a Terrível, não havia nada – ou originais e pasta de trabalho se perderam de todo ou estavam irremediavelmente arquivados indevidamente junto a alguma outra caixa dentre milhares de caixas... ou seja, impossíveis de se localizar; para o 15º livro, *Dico e Alice e a Ecoexplosão*, nada de originais, novamente, mas sobreviveram itens do processo editorial, como as artes originais de Noguchi e Teixeira Mendes, o comentário interno do parecerista da editora, bem como algumas fichas de entrada e produção, que permitem ao menos sabermos que esta aventura envolvia a destruição (e recriação) do *Fuwalda*... O autor infelizmente não se recorda mais dos entrechos destas duas aventuras perdidas, mas resta uma pequena esperança de que, em seus papéis (temporariamente indisponíveis), existam cópias dos originais enviados à Ediouro (a ver, a ver, AVEC e leitores...). O que você tem em mãos, portanto, é o episódio planejado pela editora para sair logo depois destes dois desaparecidos.

Seguindo-se, portanto, à publicação do trabalho de nossa autoria que apresentou às novas gerações a Coleção *Mister Olho* (*Livros de Bolso Infantis em Plena Ditadura Militar*, 2022, AVEC Editora; finalista do Prêmio Açorianos de Literatura 2024) e à publicação dos volumes *Dico e Alice a cavalo nos pampas* (2022/1976) e *Dico e Alice e a aventura no Beluchistão* (2024/1976), chega agora a vez de *Dico e Alice e o Rei do Mundo* (2024/1976 ou 1977), que deveria ter sido o 16º episódio da saga dos gêmeos cariocas. Aos poucos, como já vem acontecendo, os inéditos restantes que resgatamos irão ganhando as impressoras, ampliando nosso potencial de conhecimento sobre a literatura infantojuvenil brasileira de gênero em tempos de repressão e ditadura.

Carlos Figueiredo e a série *Dico e Alice*: aventuras fantásticas como disfarce para uma agenda *beatnik*

Filho de funcionário público, Carlos Figueiredo (depois do nascimento em São Luiz e alguns anos em Teresina) vive a maior parte de sua infância e juventude em Belo Horizonte e Brasília, antes de se mudar para o Rio de Janeiro em 1964 (ano do golpe militar), acompanhado de Claudio Galeano de Magalhães Linhares (na época, companheiro da ex-presidente do Brasil Dilma Roussef), por conta do clima de perseguição política que imperava. Atuando profissionalmente em agências de propaganda, ora como empregado, ora como sócio, Figueiredo se veria forçado a deixar o país, em 1971, depois de alguns militantes antirregime seus conhecidos serem presos. Em depoimento inédito, o autor esclarece o episódio e o autoexílio que se segue até a época em que escreve a série *Dico e Alice*.

> Em 1971, no Rio, colaborava com o militante José Roberto Gonçalves de Rezende, um amigo de ginásio em Belo Horizonte, na elaboração de um plano para sequestrar um ex-ministro do governo militar. Em uma festa na garagem da Rua Montenegro, onde então morava, depois de ter me separado da Célia, na comemoração do aniversário de minha então companheira, Dorinha, apresentei José Roberto a Zaqueu Bento, outro militante, que se conheciam até aquele momento somente por codinomes. Algumas semanas depois Zaqueu foi preso, segundo um amigo comum, o cineasta Guaracy Rodrigues, em razão da delação da irmã de sua companheira, em um surto psicótico. Zaqueu, pelo que constava, tinha um encontro – um ponto, como se dizia então – numa livraria, com José Roberto, onde este "caiu", como se dizia. O fato é que José Roberto foi preso, o que foi determinante para a minha saída do Brasil.

> Saí do Brasil por Foz do Iguaçu, indo então, pela Argentina, indo de trem, no ainda existente Transandino, para Santiago do Chile. (...) Em Santiago, fiquei um período na casa do músico Geraldo Vandré, que era casado com uma chilena chamada Bélgica. Minha ex-mulher, Célia Messias, veio ao meu encontro, com os proventos da venda de um automóvel de minha propriedade, o que nos permitiu viajar pela costa sul-americana do Pacífico, até Lima. Entramos pelo Amazonas, via Pucalpa, Iquitos, viajando pelo correspondente peruano do nosso Correio Aéreo Nacional, daí, de barco, até Letícia (na Venezuela), Benjamim Constant e Manaus, onde consegui com um primo, oficial da Aeronáutica, uma passagem pelo CAN para o Rio.
>
> Moramos por um tempo no Rio, em Araruama, em uma casa de pescador, (...) mas havia um desencanto muito grande com o País e resolvemos ir para a Europa, o que fizemos, a bordo de um navio, indo para Lisboa.
>
> Teve início aí um período de viagens que nos levou para a França, Inglaterra, Holanda, Alemanha e daí para a rota até a Índia. Permanecemos *on the road*, indo e vindo da Inglaterra para a Índia e o Nepal até 1974, quando nasceu a minha filha, Luar, com Patricia Furness, uma inglesa que conheci em Delhi, que veio para o Brasil comigo, com quem vivi por quase duas décadas (...) – e tivemos duas filhas. Fomos morar no Rio de Janeiro, no bairro de Santa Tereza. Foi nesse período que escrevi, por indicação do Noguchi, que fazia as capas da coleção *Mister Olho*, a série *Dico e Alice*. (FIGUEIREDO, 2014a, p. 1)

Carlos Figueiredo, a partir de 1977, deixa a literatura infantil e fantástica de lado, mas segue "fazendo a diferença" no cenário político brasileiro, trabalhando com Franco Montoro, importante figura do processo de redemocratização, tanto no senado quanto no governo de São Paulo. A carreira profissional de Figueiredo, a partir de então, ficaria definitivamente associada à consultoria na área de comunicação e *marketing* políticos, ainda que ao longo dos anos o autor tenha oferecido ao público algumas esparsas coletâneas de poemas (*Estranha Desordem*, 1983, Paz & Terra, e *Goliardos*, 1998, Bibla) e tenha se mantido ativo como idealizador de projetos de incentivo à leitura e à poesia.

E de que trata a série *Dico e Alice*, afinal? Publicada entre 1976 e 1977 pela Ediouro, seus 11 livros contam as aventuras dos irmãos gêmeos Dico (o narrador) e Alice, que viajam pelo Brasil e pelo mundo acompanhados do pai, biólogo marinho, e do marinheiro Prata, sempre a bordo do saveiro *Fuwalda* (homenagem ao navio dos pais de Tarzan). Rica em colorido local (Figueiredo esmera-se em incluir referências às diferentes culturas por onde se passam as histórias), o primeiro elemento fantástico que transparece no conceito da série é o da paranormalidade de Alice, dotada de poderes telepáticos e de extra percepção. Para efeito de registro (como já ressaltamos, a série jamais foi merecedora de estudo ou registro no âmbito da literatura acadêmica brasileira sobre o gênero fantástico ou infantil), seguem-se os títulos dos 11 volumes editados, bem como dos adicionais 10 manuscritos inéditos em poder da editora:

01 – *Dico e Alice e o Último dos Atlantes* (1976)
02 – *Dico e Alice no Triângulo das Bahamas* (1976)
03 – *Dico e Alice – Arecibo chamando...* (1976)
04 – *Dico e Alice e os Fenícios do Piauí* (1976)
05 – *Dico e Alice e o Yeti do Himalaia* (1976)
06 – *Dico e Alice e a Ilha da Diaba* (1977)
07 – *Dico e Alice em Atacama, o Deserto da Morte* (1977)
08 – *Dico e Alice e o Cérebro de Pedra* (1977)
09 – *Dico e Alice e Talassa, a Ilha no Fundo do Mar* (1977)
10 – *Dico e Alice e o Pajé Misterioso* (1977)
11 – *Dico e Alice e a Armadilha no Tempo* (1977)
12 – *Dico e Alice a Cavalo nos Pampas* (1976 – inédito até 2022)
13 – *Dico e Alice e a Aventura no Beluchistão* (1976 – inédito até 2024)
14 – *Dico e Alice e Mãe Gangana*, a Terrível (1976 – inédito e possivelmente perdido)

15 – *Dico e Alice e a Ecoexplosão* (1976 – inédito e possivelmente perdido)
16 – *Dico e Alice e o Rei do Mundo* (1976 ou 1977 – inédito até 2024)
17 – *Dico e Alice e a Planta Maluca* (1977 – inédito)
18 – *Dico e Alice e a Floresta Petrificada* (1977 – inédito)
19 – *Dico e Alice e o Veleiro Negro* (1977 – inédito)
20 – *Dico e Alice e a Guerra de Nervos* (1977 – inédito)
21 – *Dico e Alice e a Viagem ao Futuro* (1977 – inédito)

Sobre a série *Dico e Alice*, Figueiredo é categórico quanto a suas intenções ao tecer as tramas e situações fantásticas onde lança suas personagens. Mais especificamente, quanto à sua agenda dupla de combate à ditadura e ao *status quo* sociocultural.

> Aqui, lutávamos contra a ditadura e a caretice ao mesmo tempo. (...) Em *Dico e Alice* começo pela afirmação do andrógino. Dois irmãos gêmeos – foram criados assim por essa razão – tipo univitelinos, sobre os quais o narrador afirma que poderiam passar um pelo outro, o que de fato chega a acontecer, de verdade, em *No Triângulo das Bahamas*. Depois, a vivência por estados alterados de consciência, já presente no primeiro volume, quando os "fenícios", que queriam ir para as estrelas, na realidade terminam vivendo isso em sonho, em uma caverna, e a nossa dupla, ao invés de acordá-los, deixa-os ficarem assim, argumentando que a realidade sonhada é também uma realidade.
>
> Durante todo o tempo tentei falar de coisas sobre as quais não se falava, como a morte, como acontece no final de *No Triângulo das Bahamas*, quando Alice diz para o pai "O que de mais pode acontecer conosco se até morrer já morremos?". (...)
>
> Há em todo o trabalho uma visão *à la* Emília do Lobato, sobre a liberdade de pensamento, sobre a ideia que vai na linha contrária das outras. Em quase todos os aspectos – inclusive na questão ecológica, no direito dos diferentes – segui o que poderíamos chamar de uma "agenda *hippie*" ou "contracultural" ou "*beat*". (FIGUEIREDO, 2014b, p1)

Vale lembrar que, mesmo considerando-se apenas os 11 livros editados, trata-se da mais extensa série infantojuvenil brasileira de ficção científica de que se tem notícia. Com relação aos temas, como seria de se esperar, são numerosas as histórias envolvendo autocratas obcecados por dominar o mundo, sejam eles sobreviventes de Atlântida, computadores malignos, criaturas do centro da terra, alienígenas de outra dimensão ou os conhecidos "cientistas loucos" de costume. Mas a agenda libertária de Figueiredo, como já frisamos, não era apenas política, mas também (contra)cultural e sociológica. E estava atenta a questões que só muitos anos depois entrariam no cardápio temático da produção infantojuvenil do país: a defesa do meio ambiente e dos direitos dos animais (em *Aventura no Beluchistão*, os gêmeos presenciam uma sangrenta tourada espanhola, que condenam com veemência), os males da comida industrializada, os efeitos negativos da globalização e da cultura de massas, a séria questão indígena no Brasil e, finalmente, a ameaça representada pela censura e pelo autoritarismo.

Protestos contra a ditadura e a falta de liberdade de expressão, elogios a estilos de vida alternativos (medicina oriental, vegetarianismo e alimentação macrobiótica, ioga e meditação), denúncia ferrenha contra a destruição do meio ambiente e o aumento da poluição urbana, defesa incondicional da vida, cultura e valor dos povos indígenas, repúdio às guerras, armas e mesmo ao conceito de pátria... toda essa agenda Carlos Figueiredo conseguiu contrabandear para dentro das páginas dos onze livros de sua saga publicada pela Edições de Ouro.

Os dez livros que permaneceram inéditos não ficariam para trás: em *Dico e Alice a Cavalo nos Pampas* (que deveria ter sido o 12º episódio), o pai das crianças, biólogo marinho, é convidado a estudar o impacto ambiental do afundamento de um superpetroleiro no Estreito de Magalhães – avaliar o estrago causado à "fauna e a flora da região..." (FIGUEIREDO, 1976a, p. 16). A aventura de fundo eminentemente ecológico ganha outros contornos assim que surge uma ameaça vinda do fundo da Terra, bem como uma raça de índios que também vivem por lá, em um ambiente utópico onde "não há fome... não há guerra..." (FIGUEIREDO, 1976a, p. 34). Em *Dico e Alice e a aventura no Beluchistão* (13º episódio abortado), a família segue "tentando entender o efeito terrível da poluição nos oceanos" (FIGUEIREDO, 1976b, p. 8), mas sua viagem permite a inclusão de críticas às touradas e às guerras, bem como oferecer aos leitores uma complexa trama política na Ásia onde não faltam golpes, contragolpes, ataques e lutas por independência.

A narrativa inédita seguinte, *Dico e Alice e o Rei do Mundo* (Figura 1), outra envolvendo ameaças de ditadores totalitários (o tema, como veremos depois, aparece em muitos dos livros publicados da série), além de novamente citar o problema da poluição – o grupo sai do Rio, dessa vez, porque "a poluição estava muito forte" (FIGUEIREDO, 1976c, p. 6) –, traz outras pérolas de enfrentamento que, infelizmente, não chegaram aos leitores: a ideia de um super-herói *hippie*, "todo de branco, todo pacífico... [que só] ia dar flores" (FIGUEIREDO, 1976c, p. 6), segundo Dico, e a reflexão do rapaz ao final da história, quando refuta a ideia da irmã de aproveitar a máquina capturada do Rei do Mundo para eles mesmos reformarem o planeta conforme suas crenças (Dico questiona Alice sobre ela estar pensando em se tornar uma "Rainha do Mundo").

> – Ora, Alice, um tirano pode pensar assim, que está fazendo o bem... quem sabe o que é bom para si é o povo... Liberdade, essa é a única maneira de resolver qualquer problema da humanidade. (FIGUEIREDO, 1976c, p. 50.)

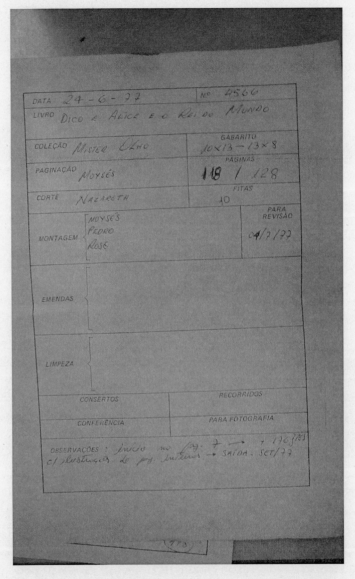

Figura 1: Ficha de produção do livro inédito *Dico e Alice e o Rei do Mundo*

Em *Dico e Alice e a Planta Maluca* (percebe-se aqui influências do inglês John Wyndham e seu *O Dia das Trífides*, de 1951), outra prova da ousadia surpreendente de Carlos Figueiredo: no enredo fortemente voltado à denúncia ambiental, onde a destruição do ecossistema do Pantanal, os campos de pouso clandestinos para a prática de contrabando e a destruição causada pela mineração são as bolas da vez, o autor maranhense tem a coragem de citar de maneira elogiosa o filme *Jardim de Guerra*, do diretor Neville d'Almeida, logo depois de dizer que o saveiro *Fuwalda* (barco dos protagonistas) estava servindo, no começo da aventura, de locação para um filme de piratas do cineasta.

> O *Fuwalda* havia virado estrela de cinema!
> Tudo havia acontecido quando estávamos no Rio de Janeiro e o diretor de cinema Neville de Almeida, que havia feito o belíssimo filme *Jardim de Guerra*, viu o *Fuwalda* ancorado no porto da Praça Quinze. (FIGUEIREDO, 1976d, p. 9)

Jardim de Guerra é tido como o filme mais censurado de todo o cinema brasileiro, tendo sofrido nada menos que 48 cortes. Ao ser entrevistado pela revista eletrônica *Arte Capital*, Neville d'Almeida, famoso por películas consagradas como *A dama do lotação* (1975), *Rio Babilônia* (1982) e *Navalha na carne* (1997), relata que "quando [o filme] ficou pronto (…) é editado o tal do Ato Institucional nº 5 que cortava todos os direitos e liberdades civis. (…) O filme foi proibido, interditado e jamais exibido. Então eu lutei, mas não aconteceu" (ALMEIDA, 2012). Longe de ser uma história de piratas como a do fictício projeto incluído no datiloscrito inédito de *Dico e Alice*, *Jardim de Guerra* apresenta a história de Edson (Joel Barcelos), um jovem tomado pela amargura e pela falta de perspectivas que se apaixona por uma cineasta, sendo em seguida injustamente acusado de terrorismo por uma organização de direita que o toma prisioneiro e o submete a interrogações e a torturas. Para Pietra Fraga, que assina o texto da *Arte Capital*, trata-se de

> um filme ousado, provocatório e premonitório, abordando temas intocáveis como a floresta amazônica, drogas, política e feminismo. Inscrevendo-se num registro marginal, rompe com a proposta do Cinema Novo brasileiro, as linguagens vigentes (fazendo uso de slides, *posters* e fotografias fixas para jogar com a dinâmica do movimento cinematográfico) e as exigências da ditadura militar. (FRAGA, 2012)

Como se vê, Figueiredo queria seguir tocando esses mesmos temas intocáveis e que ainda permaneciam assim quase dez anos depois da produção (e proibição/inviabilização) de *Jardim de Guerra*. Suas referências avançadas a "essas ideias mesquinhas de pátria" (FIGUEIREDO, 1976e, p. 27) ou ao gasto com gasolina, no Brasil, ser maior que aquele "com comida e educação" (FIGUEIREDO, 1976e, p. 31) nunca foram mero matraquear sem base: sempre foram denúncias de alguém que seguia e segue comprometido com as capacidades da razão humana e do progresso tecnológico (daí, provavelmente, a escolha do gênero ficção científica na formatação de sua série infantojuvenil) para a superação dos desafios do mundo. Como diz Alice em *Dico e Alice e a Floresta Petrificada* (aquele que seria o livro 18; Figura 2), "não existe nada no mundo que não possa ser decifrado. A questão é a gente acreditar na inteligência..." (FIGUEIREDO, 1976e, p. 92).

Finalmente, pode-se procurar em vão, no *corpus* da *Mister Olho* ou mesmo no mais vasto universo da literatura infantojuvenil brasileira, por um paralelo ou análogo ao tratamento que Figueiredo dá à questão feminina e à da igualdade entre os gêneros nos livros de *Dico e Alice*. Em especial em *Dico e Alice e o Veleiro Negro*, o inédito datiloscrito 19, há um excelente exemplo disso, que infelizmente foi negado ao leitor...

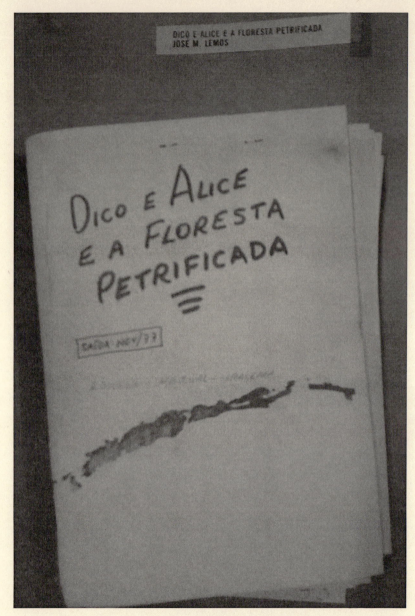

Figura 2: Pasta de originais do inédito *Dico e Alice e a Floresta Petrificada*

Usando toda a agilidade de que éramos capazes, pulamos do escaler para a escada do enorme veleiro.

Isto é, eu pulei.

Alice veio logo atrás de mim e lhe estendi a mão.

Minha irmã cada vez mais está entrando nessa de independência feminina. Acha que as mulheres são iguais aos homens. E, por isso, quer fazer tudo sozinha.

Eu acho isso muito legal. Muito legal mesmo e dou a maior força para ela. Mas, devo confessar que, às vezes, minha irmã exagera.

Como naquela hora que eu lhe estendi a mão.

– Pode deixar que eu vou sozinha – ela falou. E pulou para a escada. (FIGUEIREDO, 1976f, p. 12. Grifo nosso.)

Muito mais do que entreter, ou incutir gosto pela leitura, Figueiredo procurava fazer de *Dico e Alice* oportunidades de tomada de consciência, de reflexão, de independência intelectual e de autogoverno. Como neste diálogo que fecha o já citado *Floresta Petrificada*, quando os gêmeos rechaçam o plano de uma entidade chamada de Vigilante, que tentava impedir o progresso tecnológico do ser humano porque "a história da humanidade é a história da opressão" (FIGUEIREDO, 1976e, p. 114):

– Mas temos de seguir o nosso caminho... – eu falava. – Quem sabe de nós somos nós mesmos...

– Mesmo que no fim tudo se perca e venha a ser destruído? Mesmo assim você acha que devemos seguir nossas próprias ideias?

Olhei para o céu, para a lua, que era tão diferente da Terra, e disse:

– E existe outra maneira? (FIGUEIREDO, 1976e, p. 121-122)

* * *

Entre 1976 e 1977, a Ediouro imprimiu um total de estimados 94.000 exemplares (Figura 3) para os onze títulos, incluindo uma tiragem em formato Duplo em Pé para *Dico e Alice e a Armadilha no Tempo*. Os livros originalmente assinados com o pseudônimo José M. Lemos (Figueiredo não se recorda de ter tido qualquer ingerência ou participação na criação da alcunha) seriam reeditados, em 1985 (mais exatamente, a partir de dezembro de 1984), em nova edição com outro *design*, em formato Super Bolso, para um total de 36.000 cópias adicionais (essas já identificando Figueiredo como o autor), elevando a tiragem geral da série para 130.000 brochuras. De grande interesse é a prova de que, ao reeditar os livros originais dos anos 1970, a editora se deparou com o repositório dos nada menos que dez livros adicionais e fez planos para trazê-los a público, o que acabou não se concretizando. Nas páginas finais da reedição dos três últimos episódios (*Dico e Alice e Talassa, a Ilha no Fundo do Mar, Dico e Alice e o Pajé Misterioso* e *Dico e Alice e a Armadilha no Tempo*), um anúncio de página inteira (Figura 4) apresentava a série em todos os seus... vinte e um volumes!

Publicados originalmente com belíssimas e sugestivas capas de Noguchi (Figura 5) e ilustrações de Teixeira Mendes, todos os livros receberam indicação etária para crianças a partir de 9 anos.

Figura 4: Anúncio sobre a série *Dico e Alice* que inclui os 10 volumes nunca editados

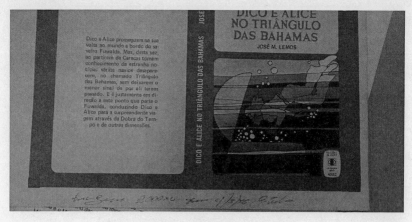

Figura 3: Detalhe de capa com dados de tiragem para
Dico e Alice no Triângulo das Bahamas

Figura 5: Arte original de Noguchi para *Dico e Alice e o Cérebro de Pedra*

Dico e Alice e o Rei do Mundo: controle mental, ONU e as boas intenções (autoritárias) de que o inferno está cheio

Este livro da série *Dico e Alice* possui uma interessante particularidade: Carlos Figueiredo incluiu na história, como personagem, sua companheira à época (e mãe de duas de suas filhas), Patricia Furness. Ela é peça central para o desenrolar da trama, ponto comum em todos os episódios de controle mental nos quais vão caindo os mandatários do mundo, ante o domínio do ditador-da-vez, nesse caso o autoproclamado "Rei do Mundo". Interessante também ver o protagonismo chinês na trama (pátria do Encarregado da ONU, Ts'ao Yeh, com quem Dico e Alice tratam constantemente a investigação), que parece antever a importância que a China ganharia no cenário mundial e que apenas se desenhava, nos idos de 1976. Aliás, pode ser que o livro tenha sido escrito nas primeiras semanas de 1977; impossível precisar pela documentação disponível – arriscamos a teoria pelas datas de entrada dos títulos seguintes (março de 1977), assumindo que a Ediouro programava os lançamentos seguindo a sequência de produção do escritor.

Como já apontamos anteriormente, os gêmeos não se deixam seduzir pelas supostas boas intenções do cientista louco, embora Alice considere manter a máquina de controle da mente para transformar, ela mesma, o mundo e a humanidade, com a ajuda de Dico e Patricia, no que é rechaçada pelo irmão, que se mostra, contudo, algo simpático às propostas da adolescente paranormal.

– Ora, Dico... tudo o que a Patricia falou é verdade... uma máquina dessas nos dará um poder incrível... poderemos nós três mudar o mundo... poderemos fazer tantas coisas...

– Ora, Alice... – eu falei. – você não está pensando em ser a "Rainha do Mundo", está?

– E por que não? A ideia é boa... só que ele ficou louco, tentando realizá-la... perdeu o senso das proporções e achou que ia conseguir escravizar o planeta. Nós, não... Faremos uma administração justa... daremos de comer a quem tem fome... (...)

– O que você faria, se fosse a "Rainha do Mundo"? – perguntei.

– Primeiro, cuidava da alimentação... proibia o arroz branco... só podia arroz integral... já pensou, Dico? Acabar com a subalimentação assim, de uma penada?

Eu não podia negar que a ideia me atraía. (FIGUEIREDO, 1976c, p. 50.)

Essa preocupação com a segurança alimentar mundial é outro pioneirismo a se somar à militância infantojuvenil multifacetada de Carlos Figueiredo. Mas a defesa da liberdade e a recusa por soluções fáceis (a era atual, dos *Chat GPTs* da vida, nos faz refletir, não?) falam mais alto. Na cena final, quando a máquina potencialmente transformadora é destruída em um incêndio, a mensagem última – a derradeira lição – ao leitor sai da boca do ex-vilão derrotado:

O fogo correu rápido. Quando chegamos na casa da Patricia, a fumaça era tanta que quase nos mata.

Fomos para fora.

Em pouco tempo, sepultado pelas labaredas, morria o sonho do "Rei", ou melhor, ex-"Rei do Mundo".

O velhote andou de cá pra lá, olhou aquilo tudo e depois falou:

– Foi melhor... eu também havia virado um escravo... só queria poder... poder... nada mais tinha importância... agora eu vejo como estava errado...

– Pois eu ainda acho que a máquina era uma boa ideia para se conseguir um pouco mais de justiça neste nosso mundo, dominado pelos poderosos... – falou minha irmã.

– É... – respondeu o velhote. – eu entendo o que você sente. *Mas, aprenda minha lição: não vai ser nenhuma máquina que vai fazer isso... somente o homem, ele mesmo, é quem pode resolver isso...* (FIGUEIREDO, 1976c, p. 53. Grifo nosso.)

Novamente, é preciso apontar a coragem de Carlos Figueiredo ao incluir tais episódios em narrativas voltadas a crianças, ainda mais considerando-se a época de publicação planejada (1977). Falar sobre governantes ditatoriais (mesmo que fantasiosos cientistas excêntricos), sobre meio ambiente e sobre lutas por liberdade ou mesmo citar a ONU, em um país conflagrado como o Brasil dos anos 1970, ainda tocado pelo tacão da ditadura militar, não era das coisas mais auspiciosas, mesmo que nas páginas de livros de bolso infantis. E não surpreende que *Dico e Alice e o Rei do Mundo* tenha precisado esperar tanto para ser publicado: basta lembrar o episódio que documentamos em nosso trabalho sobre a *Mister Olho, Livros de bolso infantis em plena ditadura militar* (AVEC, 2022), acerca do primeiro livro da coleção, *Rebeliões em Kabul*, que tem, a mando da diretoria da editora, todo seu estoque destruído e título e capa trocados por versões menos "perigosas": *Nelly no fim do mundo*. (NAHOUM, 2022).

Sobre os materiais de produção encontrados junto aos datiloscritos (Figura 6), no agora inacessível arquivo da Ediouro, sobraram da abortada edição de *Dico e Alice e o Rei do Mundo* da década de 1970 uma ficha de produção e uma ficha de capa (Figura 7) com datas e outras informações de interesse, a página com os textos planejados de *blurb* e quarta capa (Figura 8) e a ilustração colorida original de Noguchi (Figura 9). Para nossa alegria, sobreviveram também todos os oito desenhos internos criados por Teixeira Mendes para a narrativa de Figueiredo, que podem ser apreciados a seguir (Figuras 10, 11, 12, 13, 14, 15, 16 e 17). As legendas individuais indicam em qual página (do datiloscrito de 54 delas) cada imagem foi inspirada.

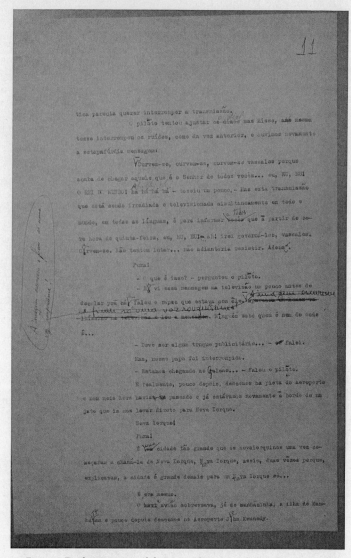

Figura 6: Datiloscrito original de *Dico e Alice e o Rei do Mundo*, página 11

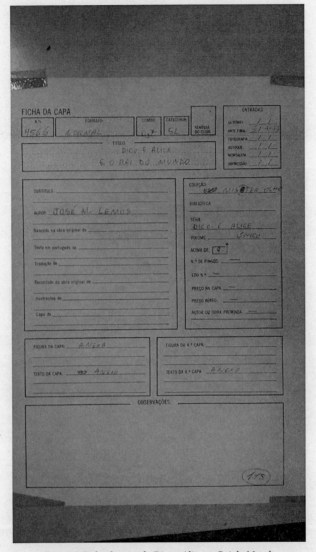

Figura 7: Ficha de capa de *Dico e Alice e o Rei do Mundo*

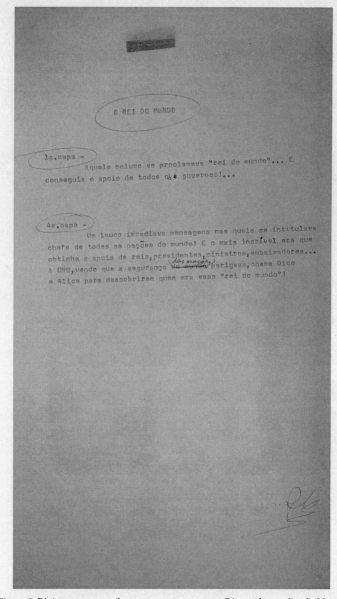

Figura 8: Página com textos de capa e contracapa para *Dico e Alice e o Rei do Mundo*

Figura 9: Ilustração de capa original de Noguchi para *Dico e Alice e o Rei do Mundo*

Figura 10: Ilustração 1 (pág. 4) de Teixeira Mendes

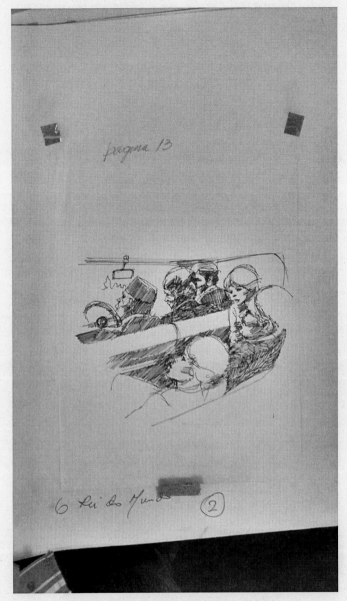

Figura 11: Ilustração 2 (pág. 13) de Teixeira Mendes

Figura 12: Ilustração 3 (pág. 22) de Teixeira Mendes

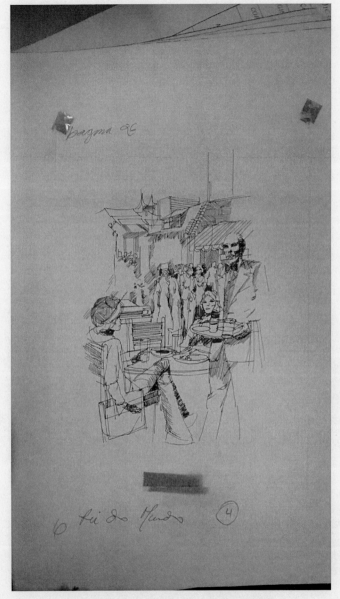

Figura 13: Ilustração 4 (pág. 26) de Teixeira Mendes

Figura 14: Ilustração 5 (pág. 32) de Teixeira Mendes

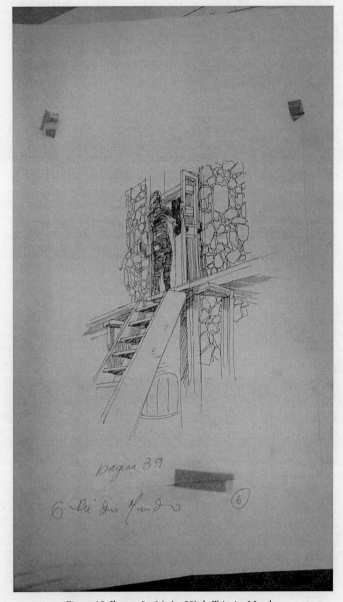

Figura 15: Ilustração 6 (pág. 39) de Teixeira Mendes

Figura 16: Ilustração 7 (pág. 46) de Teixeira Mendes

Figura 17: Ilustração 8 (pág. 52) de Teixeira Mendes

Dividimos com vocês, esperamos, o grande prazer de trazer à luz mais uma aventura inédita dos jovens *hippies* setentistas de Carlos Figueiredo, campeões juvenis contra a caretice e a opressão, contra o autoritarismo e as soluções fáceis da tirania, que cresciam em um mundo já em franca transformação, mas no qual seu autor, corajosamente, ainda encontrava espaço para apresentar aos jovens leitores brasileiros da *Mister Olho* narrativas que buscavam plantar a semente do pensamento crítico e do valor da liberdade e da autodeterminação.

Silva Jardim, abril de 2024

REFERÊNCIAS

FIGUEIREDO, Carlos (sob o pseudônimo de José M. Lemos). **Dico e Alice a Cavalo nos Pampas**. Rio de Janeiro: Tecnoprint, 1976a. Manuscrito inédito.

_____ (sob o pseudônimo de José M. Lemos). **Dico e Alice e a Aventura no Beluchistão**. Rio de Janeiro: Tecnoprint, 1976b. Manuscrito inédito.

_____ (sob o pseudônimo de José M. Lemos). **Dico e Alice e o Rei do Mundo**. Rio de Janeiro: Tecnoprint, 1976c. Manuscrito inédito.

_____ (sob o pseudônimo de José M. Lemos). **Dico e Alice e a Planta Maluca**. Rio de Janeiro: Tecnoprint, 1976d. Manuscrito inédito.

_____ (sob o pseudônimo de José M. Lemos). **Dico e Alice e a Floresta Petrificada**. Rio de Janeiro: Tecnoprint, 1976e. Manuscrito inédito.

_____ (sob o pseudônimo de José M. Lemos). **Dico e Alice e o Veleiro Negro**. Rio de Janeiro: Tecnoprint, 1976f. Manuscrito inédito.

_____. **Contato para entrevista sobre série *Dico e Alice***. [on-line] Mensagem pessoal enviada para o autor. 19 de novembro de 2014a.

_____. **Contato para entrevista sobre série *Dico e Alice***. [online] Mensagem pessoal enviada para o autor. 25 de dezembro de 2014b.

_____. **Agradecimento**. [*online*] Mensagem pessoal enviada para o autor. 10 de setembro de 2018.

_____. Prefácio. In: **Dico e Alice a cavalo nos pampas**. Porto Alegre: AVEC Editora, 2022.

FRAGA, Pietra. Neville D'Almeida: da liberdade à estética do deslimite. In: **Arte Capital** [revista eletrônica]. Disponível em: <https://www.artecapital.net/ entrevista-155-neville-d-almeida>. Acesso em: 10 set. 2018.

NAHOUM, Leonardo. **Livros de bolso infantis em plena ditadura militar: a insuperável Coleção *Mister Olho* (1973-1979) em números, perfis e análises**. Porto Alegre: AVEC Editora, 2022.

SOBRE A ORGANIZAÇÃO E EDIÇÃO DOS ORIGINAIS

Ainda não havia artes-finais prontas para *Dico e Alice e o Rei do Mundo*; a preparação deste livro se serviu, portanto, dos originais datiloscritos de Carlos Figueiredo, que apresentavam marcas manuscritas de revisão tanto do autor quando do revisor da editora. Alguns pequeníssimos e pontuais ajustes estilísticos foram feitos por nós no texto, para aperfeiçoar sua leveza e fluidez.

O livro, nesta edição da AVEC, ganhou prefácio do próprio autor, que completou 80 anos em dezembro de 2023, um texto autobiográfico onde este apresenta aos leitores sua trajetória, um posfácio de nossa autoria, e ilustração de capa de Tibúrcio. A arte não aproveitada de Noguchi pode ser vislumbrada ao final do volume, em nosso texto sobre o *Rei do Mundo* e a série, assim como inúmeros documentos do processo editorial original (entre eles, as oito ilustrações internas de Teixeira Mendes).

SOBRE O AUTOR

Carlos Figueiredo escreveu a série *Dico e Alice* quando retornou ao Brasil, no final da década de 1970, depois de viajar durante anos de carona – viajou certa feita "no dedo" de Kabul a Londres –, trem, barco, navio, kombi, avião, ônibus e a pé, pela América do Sul, Europa, Norte da África e, várias vezes, pela chamada *Hippie Trail*, que ia da Europa até a Índia e o Nepal.

Sua inclinação à aventura foi despertada na infância, pelas histórias mirabolantes contadas nas noites de São Luís por sua tia Mimá, que terminaram tornando-o, na juventude, ávido leitor da coleção *Terramarear*, editada pela Companhia Editora Nacional. Stevenson, Kipling, Mayne Reid, Emílio Salgari, Edgar Rice Burroughs, Fenimore Cooper e Jules Verne incendiaram a sua imaginação. Seu temperamento aventureiro é o esteio da narrativa desta série (e Alice, a heroína, foi inspirada pela irreverência da Emília do Sítio do Picapau Amarelo). Militante da chamada Revolução dos Costumes, que marca a segunda metade do século passado, seu ousado périplo pelo mundo foi temperado por uma alma de poeta, que nos deu, até o presente, dois livros de poesia – *Estranha Desordem* (Paz e

Terra) e *Goliardos, os beatniks do século XII* (Lazulli), e ainda um outro – *A arquitetura da ausência* – pronto para publicação.

Independentemente do mérito que os seus textos voltados para o público infantojuvenil possam ter, Carlos Figueiredo considera o estímulo à imaginação, à ideia da insubmissão, principalmente na época da Ditadura, quando os livros de *Dico e Alice* foram publicados, a boa semente do seu trabalho. Difícil discordar.

Na série, um rei absolutista que só admitia tons de branco nas paredes das casas, nas roupas, nos quadros dos pintores é derrotado pela Revolução das Cores. Outro, que tentava controlar seu mundo submarino com robôs, tem um final merecido, tornando-se um robô avariado. Na Amazônia, indígenas escravizados se revoltam e expulsam os exploradores.

Seu texto, quase sempre cercado de uma boa dose de humor, deixa plantada a semente da Liberdade.

Além da série *Dico e Alice* e dos dois livros de poesia acima mencionados, publicou três coletâneas: *100 Poemas Essenciais da Língua Portuguesa, 100 Discursos Históricos* e *100 Discursos Históricos Brasileiros* (Editora Leitura).

Seu último trabalho, que se encontra pronto para edição, *Memórias de um hóspede,* narra a sua vida de aventuras pelo mundo, no autoexílio da Ditadura.

Carlos Figueiredo tem, ainda, uma folha de serviços prestados, desde o seu retorno, na luta pela redemocratização. Na virada da década de 1970/1980 mudou-se do Rio de Janeiro, onde ficara ao retornar ao Brasil, para São Paulo e passou a militar na política nacional, como colaborador de Franco Montoro, tendo participado da coordenação da série de eventos que culminaram no histórico comício do Vale do Anhangabaú em abril de 1984. A convite do então Governador Franco Montoro, ocupou, no final de sua administração, o cargo de Secretário Estadual da Participação e Descentralização.

Após comemorar – em 2023 – 80 anos, o autor vive no presente entre Trancoso, no sul da Bahia, e São Luís do Maranhão, onde faz companhia à sua mãe, que completou em novembro de 2023, 104 anos. Para encerrar esta autoapresentação, uma palavra do autor:

> *Depois de tatear, depois de muitas idas e vindas, descobri, no livro* A fragilidade da bondade, *da filósofa americana Martha Nussbaum, um princípio, que considero o Norte da nossa ação na interação com o mundo:* ***a diminuição do sofrimento desnecessário.***
>
> *Dor, tragédia, angústia e desespero há sempre de pintar por aí. Mas há uma quota dessas agruras que não se deve à fatalidade. Há uma parte, talvez a maior parte, desse sofrimento humano que se deve à mesquinhez, ao preconceito, à ganância. Mais que outra, essa ideia de lutar pela diminuição do sofrimento desnecessário me parece que nos liberta de ideologias tacanhas, de crenças, e situa um ideal que pode nos irmanar, de forma ampla, lúcida e livre. Peço que reflitam sobre isso.*

SOBRE O ORGANIZADOR

Leonardo Nahoum é professor de Língua Portuguesa e Literaturas nas redes municipais de Rio das Ostras e Silva Jardim, pós-doutorando e doutor em literatura comparada pela Universidade Federal Fluminense, mestre em estudos literários, jornalista e licenciado em Letras. Autor dos volumes *Livros de bolso infantis em plena ditadura militar* (AVEC, 2022; finalista do Prêmio Açorianos de Literatura 2024) e *Histórias de Detetive para Crianças* (Eduff, 2017), da *Enciclopédia do Rock Progressivo* (Rock Symphony, 2005) e de *Tagmar* (primeiro *role-playing game* brasileiro; GSA, 1991), dirige, ainda, o selo musical Rock Symphony, com mais de 120 CDs e DVDs editados, e dedica-se a pesquisas no campo da literatura infantojuvenil de gênero (*genre*, não *gender*), com foco em escritores como Hélio do Soveral, Ganymédes José, Gladis N. Stumpf González e, claro, Carlos Figueiredo.